# 이것은 시를 위한 강의가 아니다

i — six

nonlectures

E. E. 커밍스
김유곤 옮김

# 이것은 시를 위한 강의가 아니다

i — six nonlectures

찰스 엘리엇 노튼 강의
1952‒1953

E. E. 커밍스

# 차례

존 핀리를 위해

# 첫 번째 강의 아닌 강의:
# 나 & 부모님

흔히 강연회라 불리는 이 행사의 서두에서 먼저 여러분께 정중히 한 말씀을 드려야 할 것 같습니다. 저는 강연자의 태도를 취할 생각이 추호도 없습니다. 짐작건대 강연은 교육의 한 형태며, 교육자는 아마도 해박한 지식을 지닌 사람일 것입니다. 저는 예전이나 지금이나 아는 것이 많지는 않습니다. 늘 제 마음을 사로잡았던 것은 가르치는 일이 아니라 배우는 일이었습니다. 그래서 분명히 말씀드리지만, 제가 찰스 엘리엇 노튼 교수직[1]을 맡게 된 것은 많은 것을 배울 수 있으리라는 기대 때문이었습니다. 만약 그러지 않았다면, 저는 지금 어딘가 다른 곳에 있을 게 분명합니다. 아울러 제가 이 자리에 설

---

1   찰스 엘리엇 노튼(Charles Eliot Norton, 1827–1908): 노튼은 19세기 말에 활동한 진보적 사회 개혁 운동가로서 미국 지성계에 큰 영향을 끼쳤다. 그의 업적을 기념하기 위해 모교 하버드 대학교는 1925년부터 매년 문학과 예술 분야의 저명인사들을 초빙하여 '찰스 엘리엇 노튼 교수'라는 직함으로 대중 강연을 의뢰하고 있다. E. E. 커밍스는 1952년에 지명됐으며, 이 책은 당시 그가 하버드 대학교에서 열었던 여섯 차례의 강연을 담고 있다.

수 있게 되어서 몹시 기쁘다는 점 또한 분명히 말씀드리며, 여러분께서 크게 실망하는 일이 없기를 간절히 바랍니다.

여러분들 중 많은 분들이 태어나기 이전부터, 제가 작가이자 화가로서 줄곧 배우고 또 배웠던 것이 있습니다. 그것은 "어떤 이의 음식이 다른 이에게는 독이다."라거나 "말을 물가로 끌고 갈 순 있으나 물을 먹일 순 없다."와 같은 예로부터 전해져 온 금언들이 중요하다는 점입니다. 이제 강연자 아닌 강연자로서, 저는 "손해 보는 사람이 있으면 이득 보는 사람도 있다."라는 똑같이 오래됐으나 훨씬 덜 근엄하게 들리는 격언을 다행히 마주하고 있습니다. 진정한 강연자는 지적인 품위를 유지하기 위해 반드시 규칙을 준수해야 하지만, 그로 인해 자신만의 독특한 사유 방식을 집단적으로 통용되는 일반론 속에 가두게 됩니다. 반면 진정한 무식꾼은 약간은 무례하다고 여겨질 정도로 자신이 느끼는 바를 자유롭게 말합니다. 이런 조망은 자유를 소중히 여기는 제게 용기를 북돋아 줍니다. 그래도 저는 자유가 도를 넘어 방종으로 이어지길 바랐던 적은 결코 없습니다. 오랜 세월 벌레스크[2]의 열렬한 팬이었던 저는 점진적으로 드러나는 육체를 마치 성전(聖殿)인 양 여러 차례 숭배했었는데요, 그런 숭배의 자연스러운 귀결로서

---

2  벌레스크(burlesque)는 농담이나 조롱을 뜻하는 이탈리아어 "burla"에서 기원한 용어로서, 보통 선행 작품을 패러디하여 웃음을 유발하는 드라마, 문예, 음악 등의 예술 양식을 지칭한다. 17세기 이탈리아와 프랑스에서 패러디 장르로 처음 유행하였으며, 19세기 중반부터는 버라이어티 쇼의 공연 형식과 결합하면서 그 의미가 크게 확대되었다. 현대에는 익살스러운 콩트나 특히 여성의 성적 매력을 드러내는 스트립 댄스를 지칭하는 용어로도 널리 쓰인다.

저는 지금부터 여러분께 미학적인 스트립쇼를 보여 드리고자 합니다. 그러나 여러분께 제가 아는 것(더 정확히는 제가 알지 못하는 것)을 가르쳐 드릴 순 없기에, 저는 즐거운 마음으로 저라는 사람에 대해 말씀드리고자 합니다.

그렇다면 저는 누구일까요? 더 정확히 말씀드리면 — 그림 그리는 화가로서 제 모습이 여러분과 아무런 연관이 없으므로 — 저의 또 다른 자아, 즉 산문과 시를 쓰는 제 모습은 누구일까요? 여기서 저는 이런 물음에 대한 진지한 고민을 통해 무엇인가를 배우게 될 것입니다. 물론, '유전적 특성 따위는 중요하지 않으며 모든 것은 환경의 영향일 뿐이다.'라고 주장하는 초과학적 신조를 제가 지지한다 한들 전혀 문제될 것은 없습니다. 그게 아니면 소위 과거를 영구히 망각한 인류가 마냥 행복한 1.5란성의 특급 백치들을 잉태하고 있는데, 제가 그런 인류의 미래를 (이 초강력 수면제를 삼키고서) 마음에 그려 보았다 해도 문제될 일은 없습니다. 그런데 옳든 그르든, 저는 정신적 자살보다는 영적인 불면증이 더 좋습니다. 억지로 만들어진 지상 낙원은 지옥 아닌 지옥일 뿐이며, 이는 결단코 제가 이루고 싶은 것이 아닙니다. 과거를 부정하는 것은 곧 미래를 부정하는 것이기에, 저는 과거를 존중하는 한편 미래를 사랑합니다. 따라서 저에게 자전적인 문제는 실제적인 문제입니다.

자전적 문제라는 것을 가까이에서 살펴보면 두 가지 물음으로 구성되어 있다는 것을 알게 됩니다. 그리고 그 두 가지 물음은 굉장히 신비로운 어떤 순간과 결합되어 있는데, 곧 자아 발견을 의미합니다. 그런 신비로운 순간을 경험하기 전까지, 저는 글쓰기를 부수적인 일로 여겼고, 주로 부모님의 아들로서 일상생활을 해 나갈 뿐이었습니다. 그 신비로운 순간을 거치고 난 후에야, 저는 작품을 통해 "나는 누구인가?"라는 물음에 답하였습니다. 말하자면, 저는 제가 쓴 글이 되고, 따라서 자서전은 작가로서 저의 태도를 말해 주는 탐구서가 되는 셈입니다. 이제 그 두 가지 물음을 구체적으로 살펴봅시다. 첫 번째는 "제가 쓴 글들이 어떻게 구성되어 있는가?"라는 것으로 즉시 답해 드릴 수 있습니다. 제 작품엔 소설이라고 잘못 알려진 글이 한 쌍, 각각 산문과 무운시로 쓴 연극이 두 편, 시집 아홉 권, 몇 편인지도 모를 수많은 에세이들, 표제 없는 다수의 풍자문 그리고 발레 시나리오가 한 편 있습니다. 두 번째 물음은 "작가로서 저의 태도가 명확히 드러난 작품은 무엇인가?"라는 것으로 이 또한 손쉽게 답해 드릴 수 있습니다. 소설이라 잘못 일컬어지는 두 작품 중 후기에 쓴 것, 연극 두 편, 대략 스무 편 정도의 시 그리고 에세이 여섯 편에서 저의 태도를 명확히 알 수 있으리라 생각합니다. 그럼, 좋습니다. 이런 산문과 시 작품들을 가지고 제 자서전의 두 번째 부분을 만들어 보겠습니다. 그리고 그 작품들이 (가능하다면 어디서든) 독립적으로 의미를 드러낼 수 있도록 하겠습니다. 그런데 제 자서전에서 첫 번째 부분의 경우 전혀 다른 차원의 문제가 있습니다. 그 문제를 해결하기 위해서, 저는 오랫동안 잊고 지냈던 한 인물 ─ 즉, 부모님의 아들로 살았던 유년 시절의 제 모습 ─ 과 함께 지금은 사라져 버린 그 당시 저의 세계를 꼭 만들어 내어야만 합니다. 이걸 어떻게 할 수 있을까요? 모르겠습니다. 그런데 모르기 때문에 시도해 보려는 것입니다. 저는 이런 시도를 통해서 두 번째 물음을 다루고자 합니다. 설령 어느 하나가 실패로 끝나더라도, 적어도 시도는 해 본 것일 테니까요. 만약 두 가지 모두 성공한다면, 저는 (어떤 기적에 힘입어) 불가능한 일을 성취하게 될 것입니다. 그런 다음에야 — 바로 그제야 비로소 — 여러분과 저는 이 무식꾼이 지닌 본연의 모습 중 그 절반이나마 온전히 담고 있는 미적 자화상을 보게 될 것입니다.

대부분은 아니지만, 여기 총명하신 청중 가운데서도 특별히 뛰어난 몇몇 분들은 (제 생각입니다만) 지금 속으로 이렇게 외치고 있을 것입니다. "아아! 우리는 한 시인이 시에 관한 강의를 해 주리라 기대하면서 이곳에 왔는데 말예요. 소위 그 시인이라는 자가 제일 먼저 한 일은, 자신은 강의를 해 줄 생각이 조금도 없다, 하고 우리에게 알리는 거였죠. 이어서, 그 시인이라는 자는 참 진부하게도 과거를 되새기는 일에만 잔뜩 빠져 있어요. 그가 팔꿈치 머리와 대둔근도 분간하지 못하는 데생 화가라는 사실 말고는 아직 드러난 것이 아무것도 없지만 말이죠. 마지막엔 설상가상으로 그 시인이라는 자가 정중히 공지하길, 자기가 시인이 되기 전에 어떤 일을 했었는지 얘기해 줄 것이고, 그런 다음 — 아직 질리지도 않았는지 — 지난 삼십 년간 간간히 들려줬던 지극히 평범한 얘깃거리들을 다시 들려줄 테니 우리에게 한번 기대해 보라는 거예요. 오직 이런 방식으로만 현재 자신의 모습을 이해할 수 있다는 이유를 대면서 말이죠. 상식적으로 도무지 이해되지 않는 것은, (이른바) 시인이라는 자가 시 작품을 — 자신이 쓴 것이나 아니면 다른 아무 시라도 — 우리에게 읽어 주지 않는다는 거예요. 그리고 낭독한 시에 대해 어떻게 생각하는지 알려 주지 않는 것도 이해할 수가 없네요. 그 시인이라는 자는 급증하는 자기중심주의에 찌든 사람일까요? 아니면 그냥 평범하고 단순한 인간이기에 그런 걸까요?"

저런 식의 질문에 저는 즉시 이렇게 답할 것 같습니다. "왜, 둘 다 해당되면 안 되나요?" 그런데 만일 우리가 감정을 어느 정도 누그러뜨린 뒤 자기중심성이라는 것을 받아들인다고 해 봅시다. 분별없는 말이라 여기실지 모르겠으나, 도대체 자기중심적이지 않은 사람이 있기는 할까요? 저는 반세기를 살아왔고 여러 대륙도 경험해 보았습니다만, 주변부에만 머물러 있는 자아를 지닌 사람은 아직 한 명도 발견하지 못했습니다. 아마 제가 그런 사람을 단순히 만나지 못한 것일 수도 있고, 아니면 그 반대의 경우일 수도 있겠지요. 어쨌든 상원 의원과 소매치기와 과학자를 잠시 만나 보았으나, 그들이 온전히 자기중심적이지 않다는 결론은 내릴 수 없었습니다. 정직한 교육자의 경우에도 전부 마찬가지라고 생각합니다. 거리 청소부, 농아, 살인자, 산모, 산악인, 식인종, 요정, 힘 센 사내, 아름다운 여성, 태중의 아기, 국제 스파이, 대필 작가, 부랑자, 기업체 간부, 타고난 미치광이, 괴짜, 마약쟁이, 경찰, 이타주의자, (그리고 특히) 악덕 변호사, 산부인과 의사, 사자 조련사 등도 마찬가지라고 저는 확신합니다. 참, 장의사의 경우도 빠뜨리면 안 되는데, 염습이 직업인 분들은 (이 보편 문화의 시대에) 자신들을 염장이라는 말보다 장의사로 불러 주길 바랍니다. 제 친구이자 저명한 전기 작가 M. R. 워너(M. R. Warner, 1897-1981)는 비스키 뒤부세 코냑을 몇 잔 기울이며 은밀히 이렇게 얘기하더군요. "솔직히 말해, 다른 이들은 모두 자신을 위한 도구인 걸세. 믿기 힘들겠지만 말이야."

그럼 이제부터 여러분께 순전히 자기중심적인 말씀을 드려 보겠습니다. 소위 강의라는 것이 오십 분간 이어진다고 가정했을 때, 저는 모든 강의마다 마지막 십오 분을 오직 시에만 — (더구나) 저와는 아무런 연고가 없는 시에 — 할애하겠다고 엄숙히 맹세합니다. 이렇게 하면 제게 삼십오 분만 주어지는데, 그 시간 동안 저에 관한 비(非)시적인 수다를 떨거나 그렇지 않으면 (이따금) 제가 쓴 시편 일부나 전체를 읽어 드릴 수도 있을 것입니다. 그 비시적인 수다라는 것은 저희 부모님에 관한 이야기로 시작해서 그분들의 아들에 관한 내용으로 이어지는데, 자아 발견에 대한 것도 간단히 언급해 보려 합니다. 그런 다음 (네 번째 강의 아닌 강의에서는) 작가로서 E. E. 커밍스의 태도에 대해 탐구해 볼 것입니다. 이와는 대조적으로, 시 낭독은 여섯 개의 강의마다 모두 쭉 이어져서, 마지막엔 순전히 아마추어적인 시 선집의 형태가 되거나, 아니면 제가 특별한 이유도 없이 깊이 사랑한 작품들을 모아 엮은 책의 형태가 될 것입니다. 저는 여섯 번에 걸쳐 반 시간 동안 자기중심적인 상태로 있을 텐데요, 그 시간 동안 (무엇보다도) 사실과 진실 사이의 차이에 대해 논할 것이고, 로이스 교수(Josiah Royce, 1855-1916)와 그의 넥타이 소동에 대해 설명할 것이며, 찰스 엘리엇 노튼 교수의 마부가 누구였는지 말씀드린 다음, 잠에 대해 정의해 보려 합니다. 만약 여러분께서 "그런데 왜 하찮은 얘기들까지 포함시키는 거죠?"라고 물으시면, 저의 대답은 이렇습니다. "뭐가 하찮다는 거죠?" 여섯 번에 걸쳐

십오 분씩 시 낭독을 하는 동안, 저는 낭독법을 잘 모르는 만큼 단지 읽기만 할 것입니다. 여러분께서 "그런데 비평은 또왜 안 하는 건가요?"라고 항의하신다면, 저는 정말 멋진 책 한권을 아주 간략히 인용해 보겠습니다. 그 책은 힐데가르드 왓슨(Hildegarde Watson, 1888-1976)이라는 훌륭한 친구를 통해 처음 알게 되었는데, 영어판 제목은 『젊은 시인에게 보내는 편지』이고 저자는 독일 시인 라이너 마리아 릴케(Rainer Maria Rilke, 1875-1926)입니다.

예술 작품은 한없이 고독한 것이며 비평 같은 것으로는 그것에도저히 다가갈 수 없습니다. 오직 사랑으로만 예술 작품을 이해하고 간직할 수 있으며, 공평하게 평가할 수 있습니다.

소박하지만 당당한 제 의견으로는, 위의 두 문장은 예전에 있었거나 앞으로 등장할 예술 작품에 관한 이른바 총체적인 비평이라 할 만합니다. 동의하지 않으셔도 좋습니다만, 그래도 저 두 문장만은 절대 잊지 말아 주십시오. 왜냐하면 그럴경우, 여러분께서는 자신이 지금까지 신비로운 존재로 살아왔다는 점, 미래에도 신비로운 존재이리라는 점, 그리고 현재에도 신비로운 존재라는 점을 망각하게 될 테니까요.

아주 많은 자아(아주 많은 악마와 신
전체보다 더 욕심 많은 개별자)를 지닌 것이 인간이다
(아주 쉽게 한 사람은 다른 사람 속으로 숨어든다,
그러나 인간은, 전체이기에, 그 누구로부터도 벗어날 수 없다)

아주 거대한 소동은 제일 소박한 바람이다.

아주 무자비한 대학살은 희망이다

가장 순수한(육신의 마음은 아주 깊다,

그리고 늘 깨어 있다, 각성이 졸음이라 부르는 뭔가가)


제일 외로운 사람은 결코 혼자가 아니다

(가장 짧은 그의 호흡은 어느 행성의 한 해가 되고,

가장 긴 그의 삶은 어느 항성의 일순간이 되며,

그는 최소한의 움직임만으로 가장 어린 별을 오간다)


── 자신을 "큰 나"라고 부르는 어리석은 자가

어떻게 헤아릴 수 없는 그분을 이해한단 말인가?


이리하여 우리는 오랫동안 잊고 지냈던 한 인물의 부모님 이야기로 넘어가겠습니다.


저희 아버지에 대해서는 여러분께 편지 한 통을 인용하며 이야기를 풀어 갈까 합니다. 그 편지는 저의 좋은 벗인 폴 로젠펠드(Paul Rosenfeld, 1880-1946)에게 제가 직접 써서 보낸 것으로, 그 친구의 에세이에 실리게 됩니다. 그의 에세이는 《하버드 웨이크》라는 좀 애매한 이름의 정기 간행물 다섯 번째 호를 장식하고 있습니다.


저희 아버지에 대해 물었지만 어떻게 답해야 할지 모르겠군요. 그분은 뉴햄프셔 출신으로 키가 6피트 하고도 2인치였으며, 명사수 & 유명한 제물낚시꾼 & 일등 항해사(그분의 범선 이름은 '여

배우'였어요.) & 원시림에서 나침반 없이도 길을 잃지 않을 만큼 산에 정통한 사람 & 카누를 타면 물결을 일으키지 않고 조용히 사슴한테 다가갈 수 있을 정도로 노를 잘 저을 줄 알던 사람 & 조류학자 & 박제사 & (사냥을 그만두었을 시절엔) 전문 사진가(제가 아는 한 최고였어요.) & 샌더스 극장에서 줄리어스 시저를 연기했던 배우 & (유채화와 수채화를 모두 그렸던) 화가 & 웬만한 직업 목수보다 실력이 더 좋았던 사람 & 자신이 살던 집들을 손수 디자인했던 건축가 & (자신이 원할 때면) 순전히 재미로 자기만의 분수를 설치했던 배관공 & (하버드 대학교 재직 시절엔) 교수들 사이에서 큰 인기가 없었던 선생님 — 그의 동료 교수들은 로이스, 랜먼, 타우시그 등이었는데, 그분들은 우리 집을 (정복까지는 아니더라도) 말 그대로 포위하고 있던 이웃들이었어요. & 하버드를 떠난 후엔 (헤일 박사가 "남부 회중 교회"라 칭했던 진정한 유니테리언파 교회에서) 설교사로 지냈어요. 아버지는 지난 전쟁 기간 동안 공표하길, 사람들에게 정말 소중한 것은 오직 신 옆에 서는 일이며 따라서 "신의 가호와 함께"라고 외치던 그놈들은 잘못되었다고 했어요.[3] (게다가 아버지는 봄날 어느 화창한 일요일, 설교단에 서서 말하길, 이렇게 좋은 날씨에 왜 사람들이 자신의 설교나 들으러 오는지 이해가 되지 않는다고 했어요.) & "천국은 영적인 옥상 정원[4]에 따로 모셔져 있는 것이 아니라 바로 여러분 내면에 있습니다."라고 외쳤는데, 이 말로 인해

---

3  "신의 가호와 함께(Gott Mit Uns)"는 원래 독일 프로이센 왕국을 상징하던 문구였으나, 이후 독일 제국(1871-1945) 군부를 대표하는 말로 쓰인다. 자신의 부친처럼 커밍스는 나치 독일의 국가 이념, 즉 신은 언제나 독일의 편에 서 있다고 주장했던 빌헬름 2세의 편협한 국수주의 세계관을 반대하였다.

4  "영적인 옥상 정원(spiritual roofgarden)"은 커밍스의 부친이 설교할 때 자주 사용했던 표현으로, 마천루에서 밴드 공연과 함께 운영된 고급 레스토랑을 뜻한다. 중·상류층 신도들의 사치스러운 삶과 특권 의식을 상징한다.

교회에서 지정석을 가진 부유한 신도들이 엄청난 충격을 받았다고 해요. & 아버지는 케임브리지에서 최초로 전화를 놓았던 사람이고 & (포드 자동차에서 모델 T가 나오기 한참 전부터) 그는 월섬 워치 컴퍼니에서 제작한 마찰 구동 자동차인 오리엔트 벅보드를 몰았어요. & 아버지는 저를 어느 공립 학교에 보냈는데, 그 이유는 그 학교 교장이 검은 피부를 지닌 온화하고 훌륭한 흑인 여성이기 때문이었어요. & 아버지가 (세계평화재단의) 외교 사절이 되었을 땐 저와 제 친구들을 위해 소 로뱅송(Sceaux Robinson)에 있는 나무 위 레스토랑에서 굉장한 파티를 열어 주셨어요. & 보스턴에서 제일 부정한 거물급 정치인들과 온종일 맹렬하게 싸웠던 사람들이 있었는데, 아버지는 그 사람들을 보살펴 주었고, 며칠 뒤에는 그 사람들과 함께 로터리 클럽에서 쾌활하게 떠들며 앉아 있었어요. & 아버지는 목소리가 아주 쩌렁쩌렁했고, 그래서 비컨 힐에서 말씀하고 계시는 하느님 역할을 맡아 달라는 요청도 받았어요. (군중 모두 그분의 목소리를 잘 들을 수 있었다고 합니다.) & 아버지는 제가 젖먹이일 때부터 플라톤의 동굴 비유에 대해 알려 주셨어요.

제가 느끼기에, 이것은 하버드 대학교 1883년도 학번인 에드워드 커밍스(Edward Cummings, 1861-1926)에 대한 정확한 묘사인 것 같습니다. 그와 이웃 간의 관계에 대한 것을 제외한다면 말이죠. 아버지는 확실히 "교수들 사이에서 큰 인기가 없었던" 분이었지만, 몇몇 교수들은 그에게 대체로 우호적이었고 또 어떤 경우엔 무척 다정했습니다. 아버지가 확실히 편애했던 이웃은 윌리엄 제임스(William James, 1842-1910)였습니다.[5]

5   윌리엄 제임스는 19세기 말 미국 지성계 전반에 큰 영향을 준 철학자이자 심리

이 진실하고 훌륭한 분을 빠트리고 말씀드리지 못했다니 참 이상하군요. 이상할 뿐만 아니라 배은망덕한 일입니다. 왜냐하면 제임스 교수는 아버지를 어머니께 소개해 준, 어떻게 보면 저를 세상에 존재하게 해 준 은인이기 때문입니다.

그럼 이제 이야기를 들려 드릴 차례입니다.

삼십오 년 전, 프랑스 우표가 붙은 때 묻은 편지 봉투 하나가 케임브리지의 어빙 거리에 있는 104호 주택에 도착합니다. 그 봉투에는 조심스럽게 휘갈겨 쓴 편지 하나가 들어 있었는데, (무엇보다도) 제가 브라운이라는 이름의 알량한 친구와 함께 강제 수용소에 억류되었다는 소식을 전하고 있었습니다.[6] 브라운은 제가 프랑스로 가는 배에서 알게 된 사람으로, 그도 저처럼 노튼 씨(찰스 엘리엇 노튼이 아닙니다.)와 아르제 씨의 구급차 부대 운전병으로 자원입대하였습니다. 세상에서 당신 자식을 누구보다 깊이 사랑했던 제 아버지는 친구인 노

---

학자다. '미국 심리학의 아버지'로 추앙받는 그는 조사이어 로이스와 함께 하버드에 재직하며 커밍스 가족과 돈독한 관계를 유지하였다.

6  윌리엄 슬레이터 브라운(William Slater Brown, 1896~1997): 미국 소설가, 전기 작가, 프랑스 문학 번역가로 활동하였으며, 필명인 '슬레이터 브라운'으로 더 잘 알려져 있다. 커밍스는 미국이 참전하기 전인 1917년에 '노튼-아르제 구급차 부대'라는 곳에 자원했는데, 그해 12월 19일에 수용소에 억류된다. 그가 수용소에 구금당한 주된 이유는 브라운이 자신의 집으로 보낸 편지에서 "독일군이 그렇게 나쁜 인간만은 아니다."라는 말을 했기 때문이다. 커밍스는 부친의 적극적인 개입으로 이듬해인 1918년 새해에 미국으로 돌아온다. 이때의 경험은 그가 1922년에 쓴 자전적 소설 『거대한 방』에 기록되어 있으며, 이 작품에서 브라운은 "B"라는 인물로 등장한다.

튼에게 즉시 전보를 보냈습니다. 그러나 노튼 씨는 우리가 어디에 있는지 몰랐던 것이 아니었기에 결과적으로는 별 도움이 되지 못했습니다. 차선책으로, 아버지는 형식적이지만 그래도 꾸준히 관계를 유지해 왔던 미 육군에게 우리를 추적해 달라고 부탁했습니다. 그러면서 제 친구와 제가 반드시 함께 구출되어야 한다는 조건을 억지로 내세웠습니다. 여러 날이 흐른 뒤였습니다. 갑자기 전화벨이 울리며, 고위 간부가 에드워드 커밍스 목사를 찾습니다. "여보세요."라고 아버지가 말하자, 누군가가 화난 목소리로 "아무개 대령입니다."라고 식식거리며 답합니다. "당신 아들의 친구라는 자 말이오, 질이 좀 좋지 않더군요. 스파이인지도 모르겠고, 어쨌든 비애국적인 자요. 그에게 무슨 일이 생겨도 자업자득인 겁니다. 무슨 말인지 이해하시겠소?" 애국심 깊은 아버지는 "이해합니다."라고 답합니다. 식식거리던 사람이 이어서 말합니다. "우리는 브라운에겐 손쓰지 않을 것이고, 당신 아들만 구조할 거요. 그러니까 저 지옥 같은 곳에서 당신 아들만 닷새 안에 빠져나올 거라 보증하지요. 어떻게 생각하시오?" 아버지가 대답합니다. "너무 신경 쓰지는 마십시오." 그리고 그는 전화를 끊습니다.

그런데 그 대령은 신경을 쓰게 됩니다. 그 결과 제 친구 슬레이터 브라운도 역시 살아남았습니다.

한마디만 덧붙이자면, 아버지가 미 육군 관계자들과 얘기하고 있을 때 어머니는 곁에 서 있었습니다. 저희 아버지와 어머니, 이 훌륭한 두 분은 자신들보다 서로를 더 사랑했습니다.

어머니가 (혼자서) 지낼 수 있을 만한 천국이
하나 있다면. 그것은 팬지꽃으로 된 천국이나
은방울꽃으로 된 연약한 천국이 아니라
검붉은 장미로 된 천국일 것이다


(장미처럼 깊고
장미처럼 키 큰) 아버지는


내 근처에 서 있을 것이다


(말 없는 그녀 모습에
흔들리며)
진정 꽃잎 같은 눈으로 바라본다


시인의 얼굴 외엔 아무것도 없다 그것은 진정
꽃이며 손으로 감싼 얼굴이
아니다
속삭이거늘
이 사람은 소중한 나의 사랑


                    (햇살 속에서 갑자기
그는 고개를 숙이리라,


그리고 정원 전체가 고개를 숙이리라)


저에 대해 말씀드리면, 저는 어느 왕세자도 받지 못했을 그런 환대를 받았습니다. 이것이 제게 주어진 즐거운 운명이자 최고의 운이었다고 생각합니다. 이 무한한 축복을 어떤 방식으로든 여러분께 전해 드리는 것이 제가 지금 이곳에 서 있는 이유입니다. 그렇지 않다면, 제가 여러분께 어떤 말씀을 드리든 중요하지 않을 테지요. 11월이 지나면 언제나 4월이 오듯이, 중요한 것은 바로 신비로움입니다. 그리고 신비로운 것들 중에서도 모든 신비를 창조하는 최상의 신비가 있는데, 그것은 바로 사랑입니다.

틀린 것도 가능한 것도 아닌 것이 사랑이다
(누군가 상상했던, 그러므로 무한한)
사랑은 가진 것을 나눠 주는 공여와 같고,
긍정이 조건이듯, 사랑은 긍정이다

저희 어머니에 대해서는 자세히 말씀드리지 않겠습니다. 그래도 어머니는 제가 만난 사람 중 가장 경이로운 분이셨기에 몇 가지만 잠시 살펴보겠습니다.[7] 그분은 대단히 훌륭한 룩스베리 가문의 후손이었습니다. (정말이지) 너무나 점잖은 집안이었는데, 어머니의 저명한 선조들 가운데 피트 클라크(Pitt Clarke, 1763-1835) 목사의 경우엔, 자신의 장성한 아들이 우리가 볼 때 숨 막힐 정도로 단정한 춤을 추고 있었음에도 불구하고 그의 귀를 잡아당기며 거기서 빼내 올 정도였습니다.

7  커밍스 모친의 결혼 전 이름은 레베카 하스웰 클라크(Rebecca Haswell Clarke, 1865-1947)다. 늘 시 읽기를 좋아했으며, 커밍스가 유년기에 문학적 재능을 기를 수 있도록 크게 격려하였다. 커밍스는 모친의 장례식에서 이 책의 20쪽에 인용된 "어머니가 (혼자서) 지낼 수 있을 만한 천국이"라는 시를 낭독하였다.

클라크 목사와 같은 점잖음은 한 대(代)에서 멈추지 않았습니다. 제 외할아버지의 경우, 그분은 자신의 장인과 사업을 하던 도중 수표에 (정말 딱 한 번) 장인 이름으로 대리 서명을 했습니다. 외할아버지는 이 일로 인해 찰스 스트리트 감옥에 투옥되었을 뿐만 아니라 가족 명부에서 제명까지 당했습니다. 어머니는 유년 시절 내내 자신의 아버지가 교수형을 당해 죽은 줄 알았다고 했습니다. 또 제게 확인해 준 바로는, 어머니 자신은 내성적인 소녀 — 달리 말해 (지금 우리가 본다면) 신경과민에 걸린 여자아이 — 로 자랐다고 합니다. 친구들이 찾아와 부를 때마다 소파 밑에 숨어 있던 자신을 끌어내어야 했을 정도로 수줍음이 많았다고 합니다. 어머니가 거짓말을 했을 리는 없겠지만 저는 그런 말들이 솔직히 잘 믿기지 않았습니다. 왜냐하면 저는 어머니보다 더 유쾌하고, 몸과 마음이 건강하고, 과오를 잘 눈감아 주고, 완전히 너그럽고, 인간적으로 꾸밈없이 자상한 사람을 결코 만나 본 적이 없기 때문입니다. (친할아버지는 종파가 지독히도 많은 개신교도였고, 이에 반해) 아버지는 자신만의 유니테리언파 교리를 만들었습니다만, 어머니의 경우엔 자신만의 교리를 물려받았다고 하겠습니다. 그 교리는 어머니 자신을 구성하는 필수 요소였고, 그분은 그것을 숨 쉬듯 미소 짓듯 표현하였습니다. 그 교리란 바로 "건강과 유머 감각"으로, 어머니가 늘 관리했던 인생에서 없어서는 안 될 두 가지 요소였습니다. 그리고 건강이 결국 안 좋아졌을 때에도, 자신의 유머 감각만은 늘 처음처럼 신선하게 유지했습니다.

진정한 여장부를 만난다는 것은 그리 자주 있는 일이 아닙니다. 제가 진정한 여장부의 아들로 태어난 것은 영광스러운 일입니다. 어느 날, 제 아버지와 어머니는 새로 산 차를 타고 케임브리지에서 뉴햄프셔로 가고 있었습니다. 목재 프레임으로 틀을 짜고 공랭식 엔진을 얹은 프랭클린 제조사의 자동차였습니다. 부모님이 오시피 지역에 다다랐을 즈음, 눈이 내렸습니다. 운전은 어머니가 하고 있었는데, 그분이 운전을 맡은 이상, 눈 같은 사소한 것 때문에 멈춰 서는 일은 절대 없을 듯했습니다. 그러나 눈이 점점 더 내렸기에, 아버지는 차를 멈춰 세운 다음 밖으로 나가서 앞 유리를 닦아 냈습니다. 그런 다음 다시 차에 타고 어머니가 계속 운전을 해 나가는 식이었습니다. 몇 분 뒤, 기관차가 부모님의 차를 반으로 잘라버렸고, 제 아버지는 그 자리에서 운명합니다. 멈춰 선 열차에서 기관사 두 명이 뛰어내렸고, 그들은 짓이겨진 기계 옆에서 — 멍한 상태였지만 똑바로 — 서 있는 한 여성을 발견합니다. (나이 많은 기관사 말로는) 어머니 머리에서 피가 "분출하듯" 쏟아져 나왔다고 합니다. 그리고 (젊어 보이는 기관사가 말하길) 어머니는 한쪽 손으로 드레스를 부여잡고서 마치 그것이 왜 젖었는지 알아내려는 듯 계속 더듬고 있었다고 합니다. 기관사들은 예순여섯 살이던 제 어머니를 팔로 감싸며 근처 농장으로 데려가려 애썼지만, 그분은 그들을 뿌리치고 아버지 쪽으로 성큼성큼 걸어가서는 겁먹은 구경꾼 무리에게 시신을 덮도록 지시했습니다. 이 일을 마무리하고 난 뒤에야 (바로 그제야) 어머니는 사람들이 이끄는 대로 걸음을 옮겼습니다.

그다음 날, 여동생과 저는 시골 병원의 작고 어두운 병실로 들어갔습니다. 어머니는 여전히 살아 있었습니다. 아니, 거기 있던 신경외과 의사도 믿지 못할 정도였습니다. 그분이 원

23

했던 것은 오직 한 가지였습니다. 바로 자신이 가장 사랑했던 사람 곁으로 가는 것이었죠. 거의 그렇게 될 뻔했지만 실제로 이루어지진 않았습니다. 말을 걸자, 어머니는 우리 목소리라는 걸 알았습니다. 서서히, 그녀는 자신이 죽는다면 그것이 자식들에게 어떤 의미가 될지 깨달았습니다. 그렇게 아주 서서히 기적이 일어났습니다. 어머니는 살기로 결심했습니다. 우리에게 힘없는 목소리로 "내 머리가 어떻게 됐나 봐."라는 말을 계속하긴 했습니다. 하지만 그 말이 자신의 두개골 골절을 뜻하는 건 아니었습니다. 여러 날이 지나고 우리가 우연히 알게 된 사실이 하나 있었는데, 그것은 이 끔찍한 상처가 온 마을이 한꺼번에 정전되었을 때 촛불 밑에서 봉합되었다는 것입니다. 그럼에도 그 신경외과 의사는 자기 환자를 보내 주려 하지 않았습니다. "그녀를 움직이게 한다고? 그건 불가능해! 똑바로 앉기만 해도 죽을 테니까."라고 그 의사는 소리쳤지만, 이런 방식은 수세기 동안 이어진 잘못된 지식으로 기각되어야 한다는 걸 우리는 나중에야 알게 되었습니다. 구급차가 도착하고 어머니를 보스턴에 있는 큰 병원으로 이송할 준비를 마쳤을 때, 그분은 (정장 차림으로 미소를 지은 채) 출입문 옆에 똑바로 앉아 있었습니다. 구급차를 보며 감탄하였고, 운전사와 쾌활하게 얘기를 나누었으며, 가는 도중엔 경치를 놓치고 싶지 않다며 누워 있는 것도 거부했습니다. 우리는 여러 마을과 도시를 관통하며 이동했고, 어머니는 "난 빨리 달리는 게 좋아."라며 기쁨에 넘쳐 있었습니다. 마침내 목적지에 도착했습니다. (나중에 안 사실이지만) 어머니는 수술실에 들어가면서, 손거울을 통해 수술 과정을 보게 해 달라고 요구했다 합니다. 어느 훌륭한 뇌 전문 외과의사가 뼛조각을 제거하고 상처를 조심스레 치료하는 모든 과정을 말입니다. 한없이 긴 시간이 지나고 어머니가 수술실에서 휠체어를 타고 나왔을 때, 그분은 몸을 꼿꼿이 세운 채 작은 병 하나를 자랑스럽게 흔들고 있었습니다. 그 병은 (어머니의 간곡한 요청으로) 집도의가 선임자 모르게 먼지나 때를 닦아 낸 천조각이나 작은 파편 등을 넣어 둔 것이었습니다. "봤지?" 어머니는 우리에게 웃으며 외쳤습니다. "내가 옳았어!"

나중에 상처 부위를 다시 열어야 하긴 했지만, 어머니는 그 병원에서 기록적으로 빨리 퇴원했습니다. 또 집에 돌아온 뒤, 몇 달 만에 완전히 회복해서 가끔씩 근처 퀘이커파 교회에서 여는 친우회 모임에 나가기도 했습니다. 게다가 홀로 기차를 타고 뉴욕으로 갔을 뿐 아니라, 그랜드센트럴 역의 여행 안내소에서 자원봉사 일도 시작했습니다. 우리가 놀라움과 기쁨을 표현하자, 어머니는 대담하게 말했습니다. "난 터프하니까!"

저희 어머니는 시를 사랑했습니다. 그래서 제일 좋아하는 시 대부분을 필사해서 작은 책으로 만든 다음, 늘 곁에 두었습니다. 그 시편들 중 몇몇은 저도 제일 좋아하는 것들입니다. 그중 하나를 — 남은 십오 분 동안 — 여러분께 지금 읽어 드리고자 합니다. 윌리엄 워즈워스(William Wordsworth, 1770-1850)의 송가로 제목은 「어린 시절을 회상하고 얻은 불멸성의 암시」입니다. 그리고 송가의 서문은 이 세 줄로 되어 있습니다.

어린이는 어른의 아버지.
나는 바라노라 나의 하루하루가
자연에 대한 경외심으로 이어지기를.

한때 초원과 작은 숲과 개울,
대지와 평범한 온갖 광경이
　　　나에게 보였다
　　천상의 빛으로 치장한 듯한 모습으로,
꿈같은 영광과 신선함을 입은 모습으로.
이제는 예전 같지 않다.
　　어디를 둘러보아도,
　　　밤이건 낮이건,
전에 보았던 것들을 더는 볼 수 없구나.


　　무지개가 떴다가 사라진다,
　　그리고 장미는 사랑스럽다.
　　하늘이 맑을 때면
　달은 즐거이 주위를 둘러본다.
　　별이 총총한 밤의 물결은
　　아름답고 잔잔하다.
　　햇살은 눈부신 탄생이다.
　　그렇지만 나는 안다, 어디를 가 보아도,
이 지상에서 영광이 사라져 버렸음을.


지금, 새들이 이렇게 노래 부르는 동안에도,
　　어린양들이 작은 북소리에
　　　장단 맞추듯 뛰노는 동안에도,
내게 비통한 생각이 밀려들었다.
그러나 때맞춘 표현이 그 생각을 달래 주었고,
　　그리하여 나는 다시 기운을 낸다.

폭포는 벼랑에서 나팔을 불어 대고,
더 이상 나의 슬픔은 이 계절을 망치지 않으리라.
나는 듣노라 메아리가 산속에 모여드는 소리를,
바람이 잠의 들판에서 내게로 불어오고,
　　온 대지가 유쾌하구나.
　　　땅과 바다는
　　즐거움에 빠져 있고,
　　　오월의 마음으로
　　온갖 짐승들이 휴일을 즐긴다.
　　　그대 기쁨의 아이여,
내 주위에서 외치거라, 너의 외침을 들려다오,
　그대 행복한 목동이여!


너희 축복받은 피조물들아, 나는 들었노라
　너희들이 서로를 부르는 소리. 나는 보노라
하늘도 너희들의 환희에 함께 미소 짓는 것을.
　내 마음은 너희들의 축제에 가 있고,
　　축제의 화관을 머리에 쓴 채,
나는 너희들의 충만한 기쁨을 느낀다. 그 모두를 느낀다.
　오, 불운한 날이리라! 이런 날에 내가 우울해 있다면,
　이 아름다운 오월 아침에,
　　대지가 몸치장을 하고,
　아이들이 사방에서,
　　멀고 넓은 수천의 골짜기에서,
　신선한 꽃들을 따고 있구나.
　햇살은 따사로이 비추고,

아기가 어머니의 팔에 뛰어오른다.

　　　나는 듣노라, 듣노라, 즐거이 듣노라!

　　── 그러나 나는 보았노라, 수많은 나무들 중에서도

어느 한 그루를, 한 들판을 바라본 적이 있는데,

둘 다 사라져 버린 무언가에 대해 말하고 있다.

　　　내 발밑의 팬지꽃도

　　　같은 얘기를 되풀이하는구나.

그 꿈결 같은 미광(微光)은 어디로 사라져 버렸는가?

지금 어디에 있는 걸까, 그때의 영광과 꿈은?


우리의 출생은 그저 잠자는 것이며 망각일 뿐이다.

우리와 함께 떠오르는 영혼, 우리들 생명의 별은

　　　어딘가에 졌다가,

　　　　먼 곳에서 떠오른다.

　　　완전한 망각 속에서가 아니라,

　　　온통 헐벗은 채로가 아니라,

오히려 영광의 구름을 이끌며 나오는 것이다

　　　우리의 본향인 하느님으로부터:

유년 시절엔 천국이 우리 주위에 펼쳐져 있었다!

감옥의 그림자가 덮기 시작한다,

　　　자라나는 소년 위로,

그렇지만 그는 빛을, 빛이 흘러나오는 곳을 본다,

　　　그는 기뻐하며 그곳을 바라본다.

청년은 날마다 동쪽에서 더 멀리 떨어진 곳으로

　　여행해야 하지만, 아직은 자연의 사제고,

　　　그가 가는 길에는

찬란한 비전이 함께한다.
마침내 어른이 되면 감지하게 되리라, 그것이 잦아들어
일상의 빛 속으로 사라져 버렸음을.


대지의 여인은 자신의 무릎을 나름의 즐거움으로 채운다.
 그녀는 본연의 열망을 지니고 있다.
그리하여, 어머니 같은 마음과,
    그것에 걸맞은 목표를 지닌 채,
   이 순박한 유모는 최선을 다해
자신의 양자, 자신의 동거인인 인간으로 하여금
   그가 알았던 영광을,
그가 떠나온 저 황궁을 잊게 하려 애쓴다.


보라, 갓 태어나 행복에 에워싸인 어린아이를,
여섯 살 난 작디작은 귀염둥이를!
보라, 제 손으로 만든 작품들 사이에 누워
엄마의 입맞춤 습격에 짜증을 내고,
아빠의 눈빛을 한 몸에 받고 있는 그를!
보라, 그의 발밑에 널린 작은 설계도나 도표를,
새로 배운 기술로 스스로 빚은,
인간 삶에 대한 그의 꿈 조각을.
   결혼이나 축제,
   애도나 장례식.
    이것이 지금 그의 마음을 사로잡고,
   이것에 맞추어 그는 노래를 짓는다:
    그런 다음 그는 사업과 사랑과 투쟁에

관한 대화에 자신의 혀를 맞추리라

　　그러나 머지않아

　　이 또한 내던져 버릴 것이니,

　　새로운 즐거움과 자부심을 가지고

꼬마 배우는 다른 배역을 배우게 되리라.

인생은 중풍 걸린 노인에 이르기까지 온갖 인물들을

자신의 마차에 싣고 오며, 이따금

그 인물들로 자신의 "변덕스러운 무대를" 채운다.

　　마치 자신의 생업이

　　끝없는 모방이기라도 한 듯이.


그대, 광대한 영혼을 지녔으나 그에 걸맞은 외형을

　　갖추지 못한 자여.

아직도 유산을 간직하고 있는, 그대 최고의

철학자여, 그대 눈먼 자들 사이에 있는 눈이여,

귀먹고 말 못하나 영원의 신비를 읽고,

늘 영원한 정신과 함께하는 자여

　　예언자여! 축복받은 선견자여!

　　어둠 속에, 무덤 같은 어둠 속에서 길을 잃고,

우리가 일생 동안 찾으려 애쓰는,

그런 진리들은 그대에게 달려 있노라.

그대 위에 영원불멸이 태양처럼 걸려 있노라,

마치 노예를 굽어보는 주인처럼,

피할 수 없는 존재여.

존재의 절정인 천상에서 내려 준 자유의 힘으로

여전히 영광스럽구나, 그대 작은 아이여,

그대는 왜 그토록 열심히 애를 쓰며
세월을 재촉하여 피하지 못할 멍에를 씌우려 하는가,
그리하여 무턱대고 그대의 행복과 다투려 하는가?
머잖아 그대 영혼은 세상의 짐을 짊어질 것이고,
관습이 그대를 무겁게 짓누르리라,
서리처럼 무겁게, 거의 인생만큼 깊게!


  오, 기쁘도다! 우리의 잉걸불 속에도
  무엇인가 살아 있는 것이 있으니,
  그토록 덧없이 사라지는 것들을
  자연은 여전히 기억하고 있으니!
지난 시절에 대한 생각은 내 마음속에
영원한 축복을 낳는다. 진정
제일 축복받을 만한 것은 이런 것 때문이 아니다 ―
환희와 자유, 유년기의 소박한 신조,
생동하건 쉬고 있건 상관없이,
여전히 가슴에서 펄럭이는 깃털 같은 희망 ―
  이런 것들 때문에 내가
  감사와 찬미의 노래를 부르는 것은 아니다.
  내가 노래하는 것은 저 끈질긴 의문들 때문이다,
  감각과 외부 사물에 대한 의문들,
  우리로부터 떨어져 나간 것, 사라진 것에 대한 의문들 말이다.
  존재에 대한 막연한 의혹이
실재하지 않는 세계를 돌아다니고,
고상한 본능 앞에서 우리의 인간성은
불시에 붙잡힌 죄인처럼 벌벌 떤다.

그래도 저 최초의 애정 때문에,

저 어렴풋한 회상 때문에,

그것들은, 어떤 것이라 할지라도,

아직도 우리 일생에서 근원이 되는 빛이고,

아직도 우리가 보는 모든 것들 가운데 주된 빛이며,

우리를 지탱해 주고, 소중히 돌봐 준다.

그것들이 지닌 힘은 소란스러운 세월을 영원한 침묵의

순간처럼 보이게 한다. 한 번 깨우치면,

결코 소멸하지 않을 진리인 것이다.

무관심도, 미친 듯한 노력도

어른도 아이도,

기쁨과 적대적인 모든 것들도

완전히 폐지하거나 파괴할 수 없으리라!

그러므로 날씨가 고요한 계절에

비록 우리가 내륙과는 멀리 떨어져 있을지라도,

우리의 영혼은 우리를 이곳으로 데려다준,

저 영원불멸의 바다를 보게 되고,

한순간에 그곳으로 여행을 갈 수 있고,

아이들이 그 해안에서 노는 것을 볼 수 있으며,

거대한 바닷물이 끝없이 구르는 소리를 들을 수도 있는 것이다.


그러니 노래하라, 너희 새들아, 노래하라, 즐거운 노래를!

그리고 어린양들이 뛰놀게 하라

작은 북소리에 장단 맞추듯!

우리는 마음으로 너희들과 함께하리라,

피리 불며 뛰노는 너희들,

오늘 온 마음으로

　오월의 기쁨을 느끼는 너희들!
한때 그리도 빛나던 광채가 이제 내 눈앞에서
영원히 사라졌다 한들 어쩌랴,
　초원의 빛과 꽃의 영광이 있던 그 시절을
되돌릴 수 없다 한들 어쩌랴.
　　우리는 슬퍼하지 않을 것이며, 오히려
뒤에 남은 것들에서 힘을 얻으리라.
지금까지 있었고 앞으로도 남아 있을
그 원초적 공감 속에서.
인간의 고통에서 솟아 나오는
마음을 달래 주는 생각 속에서.
죽음 꿰뚫어 보는 신앙 속에서,
사색하는 마음을 가져다주는 세월 속에서.


그러니 오, 그대 샘이여, 초원이여, 산이여, 숲이여,
우리들의 사랑에 어떠한 이별도 예언하지 말라!
아직도 내 마음 깊은 곳에서 나는 그대들의 힘을 느낀다.
나는 그대들의 한결같은 지배 아래 살기 위해
단지 즐거움 하나를 포기했을 뿐이다.
나는 수로를 따라 철썩이며 흐르는 저 시냇물을 사랑한다,
심지어 내가 그처럼 경쾌하게 움직이던 시절보다 훨씬 더.
새로이 떠오른 태양의 그 순수한 찬란함도
　　　여전히 사랑스럽다.
저무는 해 주위에 몰려드는 구름들은
인간의 무상함을 지켜본 눈에

차분한 색조를 띠게 한다.

또 하나의 경주가 있었고, 또 다른 월계관을 얻었다.

우리를 살게 해 주는 인간적인 마음 덕분에,

그 마음의 부드러움과 기쁨과 두려움 덕분에,

피어나는 보잘것없는 꽃 한 송이도 내게는

눈물조차 나지 않을 깊은 상념들을 떠오르게 한다.

# 두 번째 강의 아닌 강의:
# 나 & 그분들의 아들

강연자 아닌 강연자로서 여러분께 양해를 구해야 할 일이 있습니다. 저는 이 두 번째 강의 아닌 강의를 거의 생각하지도 못할 뜻밖의 말로 시작하려 합니다. 저는 집에서 태어났습니다.

여러분 중에 '집'이라는 단어가 무엇을 의미하는지, 혹은 지금까지 어떤 의미로 쓰였는지 상상하기 힘든 분도 계실 것입니다. 그런 분들을 위해 제가 설명드려야 할 것은, 집이란 곧 사생활에 대한 개념이라는 점입니다. 그럼 다시, 사생활이란 무엇일까요? 아마 여러분은 이런 말을 들어 보지 못했을 겁니다. 여러분 주변에 (이따금씩) 벽이 세워져 있다고 가정하더라도, 그 벽은 더 이상 벽이 아니라 단지 꾸며 낸 견고함일 뿐입니다. 즉 수많은 포식자들의 눈과 귀에 의해 끊임없이 관통당할 그런 가짜 견고함일 따름입니다. 여러분은 자신이 어딘가 특정한 장소에 거주하리라 생각하겠지만, 그런 특정한 장소라는 곳도 주변 모든 곳으로부터 언제든 영향을 받습니다. 집은 확실하고 특별하고 고유한 단 하나의 장소다, 라는 개념은 세계 어디에서든 동일할 것입니다. ─ 그렇지만 여러 분들은 이런 개념을 현실과 동떨어진 것으로 여기셔야 합니다. 여러분들은 집이나 우주, 여러분 자신이나 어떤 대상이든 단지 겉모습만 견고해 보일 뿐이라 믿으며 성장해 왔습니다. (그렇기에 여러분은 그 누구도, 그 무엇으로도 속이지 못할 사실주의자라 하겠습니다.) 실제로, 견고해 보이는 것들 하나하나는 큰 구멍들의 집합체입니다. 그리고 집의 경우엔 그 구멍들이 클수록 더 좋은데, 왜냐하면 현대식 주택의 주요한 기능은 밖에 있을 법한 것들을 수용하는 것이기 때문입니다. 여러분이 잘 이해하지 못하는 것은 "이곳에 있다."라는 개념, "지금 있다."라는 개념, "혼자 있다."라는 개념 그리고 "자기 자신으로 있다."라는 개념입니다. (여러분은 묻습니다.) 어떤 이는 (간단히 단추를 누르기만 하면) 한번에 오십여 곳에 머무를 수 있다고 하는데, 그는 왜 굳이 "여기"에 있기를 원하는 걸까요? 어떤 이는 손잡이를 돌리면 어느 시간으로든 갈 수 있음에도, 어째서 "지금" 이기를 바라는 걸까요? 어느 선량하고 훌륭한 정부가 이른바 억만금을 자애로이 평평 쓰면서, 전 국민이 어디서든 한순간이라도 외롭지 않게끔 해 준다고 합시다. 이런 경우에도 어떤 이는 왜 "혼자" 있기를 원하는 걸까요? "자기 자신"으로 있는 것에 대해 말씀드리자면 ─ 여러분이 수백, 수천, 수억 명의 다른 사람들이 될 수 있음에도, 도대체 왜 자기 자신의 모습으로 있어야만 하는 걸까요? 자아를 교환할 수 있는 시대에 본래 자신의 모습으로 있다는 것은 틀림없이 우스꽝스럽게 보일 것입니다.

다 좋습니다. 그런데 제가 아는 한, 시와 예술은 모두 엄격하고 분명하게 개성에 관한 문제를 다룹니다. 이런 점은 예나 지금이나 마찬가지이며, 또 앞으로도 영원히 그러할 것입니다. 만약 시가 아무나 할 수 있는 것이라면 — 말하자면 원자 폭탄을 투하하는 일과 같은 것이라면 — 누구든 필요한 과정을 수행하기만 하면 시인이 될 수 있겠지요. 시 쓰기에 수반되는 어떤 일이든 말입니다. 그런데 (공교롭게도) 시는 존재에 관한 것이지 어떤 행위를 하는 것이 아닙니다. 여러분이 멀리서나마 시인의 소명 의식을 따르고자 한다면 (여기서, 늘 그렇듯, 저는 완전히 편향되고 전적으로 개인적인 시각에서 말씀드립니다.), 여러분은 가시적인 행위를 하는 세계에서 벗어나 헤아릴 수 없는 존재의 집으로 향해야만 합니다. 소위 문명이라는 것이 훑고 지나간 세계에는 비존재적 삶에 대한 처벌은 없고 보상만 있다는 것을, 저는 꽤 잘 알고 있습니다. 그런데 여러분의 목표가 시라면, 처벌이라든지, 보상이라든지, 의무와 직무와 책무 등에 관한 것들은 모두 잊어야 합니다. 오직 한 가지만을 기억해야 하는데, 그것은 자신의 운명과 숙명을 결정한다는 것이 — 다른 누구도 아닌 — 바로 여러분 자신이라는 점입니다. 누군가 여러분을 위해 대신 살아 줄 수 없듯이, 여러분도 누군가를 위해 대신 살아 줄 수 없는 것입니다. 아무개가 다른 아무개일 수 있고, 그 다른 아무개가 또 다른 아무개일 수도 있겠지만, 그 누구도 여러분일 수는 없는 것입니다. 예술가의 책무라는 것이 있는데, 그것은 이 세상에서 제일 무거운 책무입니다. 여러분이 그런 책무를 감당할 수 있다면, 그것을 받아들이시고 — 그리하여 자기 자신으로 존재하십시오. 만약 감당할 수 없다면, 기운 내서서 남들이 하는 일들을 가서 살펴보십시오. 그런 다음 지칠 때까지 계속 찾아보거나 아니면 되돌아오십시오.

저희 집은 멋있고 튼튼하게 지어진 대저택으로 케임브리지 지역을 마주하고 있었습니다. 앞쪽에는 넓은 타원형 잔디밭과 스트로부스소나무로 만든 인상적인 울타리도 있었지요. 저택 바로 앞에는 거대한 사과나무 두 그루가 서 있었습니다. 늘 그랬듯, 봄이면 그 거목들은 제 방을 향해 향기로운 세계를 펼쳤고, 저는 그곳에서 숨 쉬며 꿈을 키웠습니다. (초여름이 되면) 제 방 창문 아래 정원에서 참으로 아름다운 장미가 피어났는데, 그 장미는 저희 부모님의 다정한 벗이었던 "몽당이" 차일드라는 분이 선물해 준 것이었습니다.[8] 그는 (나중에야 알았지만) 제게 세례를 해 준 분이었고 (이 또한 나중에 알았지만) 『영국과 스코틀랜드의 발라드』라는 책의 저자였습니다. 아기일 때 저는 흰색 스웨터를 입었는데, 어머니는 거기다가 하버드를 뜻하는 H자를 붉은색으로 수놓았습니다.

제일 가까운 이웃은 (적당히 떨어져 있긴 했지만) 우리 뒷집에 살았던 롤랜드 텍스터(Roland Thaxter, 1858-1932)라는 분으로, 그는 기본적으로는 저와 제일 친하게 지냈던 소꿉친구

---

8    프랜시스 제임스 차일드(Francis James Child, 1825-1896): 민속학 연구자인 차일드는 작은 키로 인해 "몽당이(stubby)"라는 애칭으로 불렸다. 그는 여덟 권으로 된 『영국과 스코틀랜드의 발라드』를 비롯하여 흔히 "차일드 발라드"라 불리는 여러 권의 민요집을 출간해서 명성을 얻었다. 장미를 유난히 좋아하여 직접 장미 정원을 가꾸었을 뿐 아니라, 자신이 쓴 발라드에서도 여러 차례 언급하였다.

의 아버지였고 궁극적으로는 민꽃식물학 교수였습니다. 우리 집 오른편으로 어빙 거리가 있었는데, 그쪽으로 제임스 교수와 로이스 교수 그리고 워런(Minton Warren, 1850-1907) 교수가 살았습니다. 왼편으로 나 있는 스캇 거리에는 타우시그(F.W. Taussig, 1859-1940) 경제학과 교수가 산다는 걸 우연히 알게 되었습니다. 타우시그 교수의 저택 뒤쪽으로 조금 떨어진 곳에는 랜먼(C.R. Lanman, 1850-1941) 교수가 살았습니다. 그를 두고 저희 어머니는 "인도 전역에서 사랑받는 유명한 분"이라 말하면서, 이내 무엇인가 떠오른다는 듯 미소를 지었습니다. 어머니는 랜먼 부부에게 공식적으로 자기소개를 한 적이 있었는데, 그때 조금 놀랐다고 합니다. 저명한 산스크리트어 학자인 랜먼 교수는 격식을 차려 대해야 했을 어머니를 자기 옆으로, 마치 홱 잡아당기듯 붙들어 놓고 거칠게 속삭였습니다. "제 아내한테서 뭔가 이상한 점을 찾지 못했나요?" 그러고 나서 (어머니가 대답할 시간도 없이) 쉬쉬거리며 말했습니다. "아내가 새 신을 신었어요, 그런데 발이 아프대요!" 저 자신도 놀라운 일을 경험을 한 적이 있습니다. 그것은 로이스 교수의 저택 입구에서 일어난 일을 제가 처음 목격했을 때인데, 이후 그 장면을 자주 보았습니다. 로이스 교수는 평화로이 보도로 걸어 나갔고, 이제 막 오른쪽으로 돌아 어빙 거리로 올라가려던 참이었습니다. 바로 그때 로이스 부인이 "조시! 조시!" 하고 소리치며 집에서 뛰어나왔는데, 오른손에 끈 같은 것을 쥐고 흔들었습니다. 그는 점잖게 멈춰 서며 자신의 배우자가 따라잡을 수 있도록 배려해 주었습니다. 그런 다음 그녀가 나비넥타이가 달린 가느다란 끈을 옷깃에 매어 주는 동안, 두 눈을 감고 있었습니다. 그는 곧 눈을 떠 고개 숙여 인사를 했고,

이에 그녀가 미소를 지었습니다. 그는 가던 길을 갔고, 그녀도 되돌아갔으며, 이렇게 그때의 장면은 끝납니다. 타우시그 교수에 대해 말씀드리자면, 그는 '햄릿'이라고 부르는 코커스패니얼 강아지를 길렀는데, 그의 가족은 자동 피아노를 틀 때마다 항상 햄릿을 밖으로 내보냈습니다. 이런 일상은 그들에게 경제학의 제일 법칙과도 같은 것이었습니다. 그런데 청력이 너무 좋았던 햄릿은 헝가리안 랩소디가 연주되는 내내 애달프게 울부짖었습니다. 다정한 워런 교수의 아름다운 부인은 ("살로메 마샤도"라는 아름다운 이름을 가졌는데) 이따금 저희 외할머니를 찾아뵈었습니다. 그리고 그때마다 기타를 들고 왔습니다. 천국처럼 화창한 어느 봄날 오후, 사과꽃 그득한 2층 현관에서 제가 넋을 잃고 앉아 있던 일이 기억납니다. 살로메 마샤도가 가냘픈 왼쪽 손가락을 빠르고 정교하게 움직이는 모습에 감탄했었지요. 저는 또한 기억하고 있습니다. 살로메가 노래하고 연주하는 동안, 어떻게 풍금새 한 마리가 꽃 사이에 내려앉았고, 그리고 음악을 듣다 사라졌는지를.

집과 관련된 신나는 일들이 많은데, 그중 하나는 외부에 드러나지 않고도 원하는 대로 활발하게 지낼 수 있다는 것입니다. 케임브리지 대저택은 이런 점에서 볼 때, 그리고 다른 모든 점에서 생각해 보더라도 진정한 집이었습니다. 제가 원할 때면 완전히 혼자 있을 수 있었지만, 혼자 지내는 일이 시들해질 때면 다양한 사회 활동도 할 수 있었습니다. 아버지와 어머니와 — 나중엔 여동생과 — 할머니 두 분과 고모 한 분(이 세 사람 모두 노래를 부르거나 피아노를 쳤고, 아니면 두 가지 모두를 했었는데 그것도 아주 잘했습니다.) 그리고 삼촌 한 분이 그 대저택에 함께 모여 살았습니다. 게다가 서너 명의 충실하고 쾌활한 하인들도 있었는데, 저는 그분들에게 무슨 일이든 부탁할 수 있었습니다. 그리고 특별히 이 말씀을 드리는 것이 중요한데요, 그분들은 매우 자연스럽게 봉사하는 일을 즐겼습니다. 왜냐하면 그분들은 비열하고 무책임한 인격체가 아니었을뿐더러, 분에 넘치는 보수를 받을 만큼 뻔뻔하지도 않았고, 잔인하게 조정당하는 아무개도 아니었기 때문입니다. 그리고 그분들은 까다롭게 굴지 않았으며, 탐욕스럽고 음울하며 단체로 외설적인 언행이나 일삼는 그런 무능한 무지렁이도 아니었습니다. 간단히 말해서 그분들은 노예가 아니었습니다. 사실상 (제가 말씀드린) 이런 훌륭하고 충실한 하인들은 노예가 갖추지 못한 요소들을 정확히 모두 지니고 있었습니다. 그분들은 살아 있었고, 사랑받고 사랑하는 인간이었습니다. 그분들을 통해 이 완전한 무식꾼은 부정한 세계에서는 생각조차 하지 못할 무언가를 배울 수 있었고, 실제로 배웠습니다. 그것은 노예제가, 그 유일했던 노예제가, 바로 사랑 없는 봉사라는 점입니다.

저는 제 자신과 아버지와 어머니 다음으로 외삼촌 조지(George Clarke, 1861-1917)를 제일 사랑했습니다. 그는 변호사였지만 기질상 인생을 즐기며 사는, 선천적으로 명랑한 사람이었습니다. 이 유쾌한 양반은 자기 사무실에서 일하지 않을 때나 혹은 브루클린 컨트리클럽에서 흔히 명사(名士)라 불리는 이들과 어울리지 않을 때면, 항상 제 놀이 친구가 되어 주었습니다. 천진하고 마음씨 고운 영혼을 지닌 외삼촌은 더 이상 세상을 향해 밤 인사를 건네는 일 따위는 하지 않았지만, 문학에 관한 그의 열정만큼은 마치 피에 굶주린 사람처럼 대단했습니다. 그리고 (그런 굶주린 열정에 대해 한 말씀드리자면) 저는 유년기와 소년 시절에도, 그리고 심지어 청년이 되어서도 혼란스러운 시대를 대표하는 재미없는 저질 도서 따위에는 눈길 한번 주지 않았습니다. 이에 대해 저는 여기서 자애로운 신께 경건한 마음으로 감사드립니다. 너절한 초능력자들, 그늘져 보이는 괴짜들, 시시한 정글 여걸들, 바지 없이 표범 무늬 의상만 걸친 여인들은 결코 저의 때 묻지 않았던 상상력을 욕되게 할 수 없었습니다. 제가 어렸을 때 읽었던, 혹은 누군가 제게 읽어 주었던 작품들은 태곳적부터 내려오는 신화들, 제일 사나운 야생 동물에 관한 이야기들, 스콧이 쓴 많은 작품들, (『피크위크 페이퍼스』를 비롯한) 디킨스의 수많은 저작들, 『로빈슨 크루소』, 『스위스의 로빈슨 가족』, 『걸리버 여행기』, 『해저 2만리』, 다량의 시편들, 성경 그리고 『천일야화』 등 입니다. 겨울날 어느 도시에서, 저는 맬러리와 프루아사르가 표현한 기사도 정신에 푹 빠져 있었습니다.[9] 그해 여름이 되어 우리는 시골에 농장을 하나 얻었습니다. 그때 저는 아메리카 원주민 같은 복장을 하고서는 원뿔형 천막에서 잠을 잤는데, 함부로 활을 쏘는 바람에 우리가 기르던 저지종(種) 젖소에 거의 구멍을 낼 뻔 했습니다. 자신들의 땅을 부당하게 침탈당했던 이 나라의 정당한 원주민들을 흉내 내다가 말이죠.

영국의 어느 유명한 고위 성직자는 런던탑의 섬뜩한 역

9   토머스 맬러리(Thomas Malory, 1415-1471)와 장 프루아사르(Jean Froissart, 1337-1405)는 유럽 중세를 대표하는 대중 작가로서 기사도와 관련된 신화나 로맨스 작품으로 명성을 얻었다.

사에 관한 이야기들을 정성껏 수집해 출간하였는데, 지금 보면 능히 가학 성향이라 할 만한 것들이었습니다. 그런데 이런 무서운 작품들이 갑작스레 우리들의 관심사로 떠올랐습니다. 매일 밤 저녁 식사 후, 조지 삼촌은 뭔가 준비가 된 것 같으면 손을 맞비비면서 제가 있는 쪽으로 멋지게 윙크를 보냈습니다. 그러고 나서 미혼이던 고모에게 "제인, 우리 『러디고어』 같이 읽어요!"라고 말했고,[10] 이 말에 고모는 못마땅해하면서도 거실에서 우리들과 함께했습니다. 삼촌이 책을 살그머니 꺼내 놓으면 고모가 부끄러운 듯 낭독했고, 저는 강렬한 공포감 때문에 소파에 딱 붙어 있었을 정도였습니다. 또한 우리는 — 순전히 휴식을 취한다는 기분으로 —『로나 둔』을 읽었는데, 저는 그 작품과 완전히 사랑에 빠졌습니다.[11] 그리고 『보물섬』도 읽었는데, 그 후유증으로 눈먼 해적인 퓨가 몇 주간 저를 위층에서 뒤쫓아 다니는 것 같았습니다. (몇 년까지는 아니더라도) 여러 달 동안, 제가 떨리는 손가락으로 전등 스위치 끈을 더듬거릴 때면 외다리 존 실버가 바로 뒤에 서 있을 것만 같았습니다.

앞에서 브루클린의 컨트리클럽에 대해 말씀드렸었는데

---

10  『러디고어: 마녀의 저주』는 2막으로 구성된 코믹 오페라로, 아서 설리번(Arthur Sullivan, 1842–1900)과 W. S. 길버트(W. S. Gilbert, 1836–1911)가 각각 음악과 대본을 썼다. 1887년 런던 사보이 극장에서 초연되었으며, 극 중에 여러 유령이 등장하는 점이 특징이다.

11  『로나 둔: 엑스무어의 로맨스』는 영국 작가 리처드 블랙모어(Richard Blackmore, 1825–1900)가 1869년에 출간한 인기 소설인데, 17세기 후반을 배경으로 역사적 인물들 사이의 로맨스를 그리고 있다.

요, 그 바깥으로 펼쳐져 있던 호화롭고 위험천만한 유희의 세계가 금세 떠오릅니다. 그 세계에 가면, 링글링 오 형제가 고리 세 개를 가지고 펼쳤던 서커스와 거의 비슷한 공연들을 접할 수 있었습니다. 또한 기세 좋은 신사들은 아름다운 숙녀나 잘 달리는 준마(駿馬)에 열중했을 뿐만 아니라, 호화로운 삶을 대표하는 여러 가지 매혹적인 상징물에도 몰두했습니다. 조지 삼촌은 원래 이런 사교계 출신이 아니었지만, 엽궐련 피우는 법을 배웠을 정도로 그 세계를 너무나 사랑했습니다. 설령 그가 아무것도 배우지 않았다 해도, 사교계는 풍성한 자아를 지닌 그를 틀림없이 환영했을 것입니다. 그는 자신의 풍성한 자아를 통해 사교시를 썼으며 — 구체적인 장소는 확실하지 않지만 — 떠들썩한 연회나 만찬장에서 그 작품들을 낭송했습니다. 그뿐만 아니라, 저를 위해 집에서도 시 낭송을 해 주었습니다. 조지 삼촌은 제게 『라임스터』라는 제목이 붙은 더없이 귀중한 보물 같은 책을 선물해 주었고, 얼마 지나지 않아 제가 운문을 좋아한다는 사실을 발견했습니다.[12] 전혀 허식이 없는 이 걸작을 펼쳐 들며, 저는 저의 세 번째 시작기(詩作期)로 접어들었습니다.

만약 제가 개인주의적이지 않았다면 첫 번째 시작기는 없었을 것입니다. 이런 점은 제가 2행 연구로 쓴, 거의 어린애 같은 시편 두 개가 충분히 증명해 준다고 생각합니다. 그 시편

---

12    영국의 극작가 톰 후드(Tom Hood, 1835–1874)가 쓴 영시 작법에 관한 책이다. 정식 제목인 『라임스터: 운율 규칙』 뒤에는 '운율 사전, 고전적 격조 분석, 벌레스크와 해학시와 작사에 관한 논평이 첨부된 작시법 안내서'라는 긴 부제가 붙어 있다.

들은 제가 열심히 관찰한 것들을 대담하게 표현하고 있습니다. 그런 원초적 진정성을 담고 있는 첫 번째 시편에서 저는 격렬히 외칩니다.

오, 어여쁜 새야, 오,
조그만 발가락이 있다네, 발가락, 발가락!

둘째가 무정히 딱 잘라 말하는 동안,

조그만 아빠 새가 있었다네
그리고 엄마 새를 더 힘들게 했다네.

그런데 아아! 얼마 지나지 않아, 활력 넘치던 제 마음속의 하늘은 사라져 가던 지성의 구름에 그만 가려져 버렸습니다. 시와 관련된 유일무이한 것(그래서 저의 두 번째 시작기의 신조가 되었던 것)은 바로 시가 말하고자 하는 내용, 소위 '의미'였습니다. 좋은 시는 좋은 영향을 미치는 시며, 나쁜 시는 그렇지 않은 시입니다. 줄리아 워드 하우(Julia Ward Howe, 1819-1910) 가 쓴 「공화국 찬가」를 좋은 시라 말할 수 있는 것은 노예 해방에 도움을 주었기 때문입니다. 이런 변치 않을 윤리 의식으로 무장한 채, 저는 근래 누군가를 사별하고 비탄에 빠져 있던 친척들을 위로해 주기 위해 찬송가를 지었습니다. 저는 건강한 기독교인들이 "벌레의 저주"(간단히 말해 구충병)에 걸려 고통받는 불쌍한 사람들을 도와주도록 간청했습니다. 그리고 심지 바른 애국자들에게 독립 기념일 동안 위험한 불꽃놀이를 삼가야 한다고 촉구하기도 했습니다. 이렇게 해서 1900년이 되던 해까지, 한창 성장기에 있던 한 미국 소년은 '지적 발달기'라는 단계에 정확히 다다르게 됩니다. 성장을 멈춘 오늘날의 마르크스주의자 어른들의 경우, 그들은 모두 저 단계를 넘어가지 못하거나 아니면 사후에나 가능하겠지요.

『라임스터』라는 책을 통해 저는 무엇을 쓸 것인가보다는 어떻게 쓸 것인가, 실체보다는 구조를 열성적으로 탐색하게 되었습니다. 저는 온갖 종류의 흥미로운 시 형식을 알게 되었는데, 주로 프랑스 시 형식이었습니다. 그리고 각각의 형식은, 저와 여러분이 어떻게 사용하는지에 상관없이, 그 자체로 존재할 수 있고 또 존재하고 있다는 사실도 배웠습니다. 론델 형식은 시가 드러내고자 하는 내용과 상관없이 론델입니다. 발라드 형식으로 된 시는 그 내용이 무엇이든 항상 발라드이며, 절대로 빌라넬이나 론도가 아닌 것입니다. 이런 사실을 깨닫게 되면서, 앞서 말씀드린 그 지성의 구름은 언제 그랬냐는 듯 사라져 버렸고, 제 마음속의 하늘은 다시 반갑게 나타났으며, 심지어 이전보다도 더 활력이 넘쳤습니다.

제겐 늘 기억나는 날이 있습니다. 그날 우리의 전(前)실체주의자는 (시의 구조에 몰두하던 중) 때마침 강의를 끝내고 평화로이 귀가하던 로이스 교수와 정면으로 마주쳤습니다. 그는 정중하고 온화한 목소리로 "에스틀린, 자네가 시를 쓰는 줄 들어서 알고 있다네."라며 조심스레 물었습니다. 저는 얼굴이 빨개졌습니다. "혹시 단테 가브리엘 로세티[13]의 소네트를 아

---

13    단테 가브리엘 로세티(Dante Gabriel Rossetti, 1828–1882): 19세기 영국의 화

는가?"라며 그는 좀 더 구체적으로 물었습니다. 저는 또다시 얼굴을 붉히며 무지한 머리를 흔들었습니다. "잠시 시간 있는 가?" 그는 저를 살짝 쳐다보며 수줍게 제안했습니다. 그런 다음 지나가는 말로 덧붙였습니다. "내 생각엔 자네가 그 작품들을 좋아할 듯싶은데." 그 후 얼마 지나지 않아, 현자와 무식꾼은 조그만 서재에 서로 마주 보고 앉습니다. (그곳에선 기막히게 좋은 담배 향이 났고, 어수선하게 쌓아 둔 학생들의 공책이 푸르스름하고 위협적인 그림자를 드리우고 있었습니다.) 현자는 자신이 좋아하는 시에 애정을 담아 아름답게 읊조렸고, 무식꾼은 가만히 들으며 마음을 빼앗겼습니다. 그리고 (늘 그렇듯, 잘 모르겠으나) 아마도 이때의 경험이 제가 그날 이후로 줄곧 소나타를 써 왔던 이유가 아닐까 ── 더 적절한 말로, 이유 아닌 이유가 아닐까 ── 싶습니다.

H로 시작하는 이름의 대학으로 진학하기까지, 우리의 주인공 아닌 주인공은 케임브리지 지역에 위치한 네 군데 학교에 다녔습니다. 첫째는 사립 학교였는데 모두들 굉장히 친절하긴 했지만, (배운 것이 아무것도 없었을뿐더러) 제가 울음을 터뜨리고 코피를 쏟았던 곳이었습니다. 다른 세 곳은 공립 학교였습니다. 저는 개구쟁이처럼 잘 자랐고 또 개구쟁이가 배우는 것들을 배웠지만, 그곳에는 타인에게 주의를 기울이거나 하는 사람들은 거의 없었습니다. 여기서 마리아 볼드윈 선

가이자 시인이다. '라파엘 전파'라는 문예 운동을 이끌며 기계적이고 이상화된 예술 형식을 거부하였다. 이탈리아 시인 단테의 작품을 동경하였으며, 현대적인 것보다는 중세 미술과 문학에 더 큰 관심을 두었다.

생과 세실 데리 선생, 이 두 분이 떠오릅니다.[14] 볼드윈 선생
은 저의 첫 번째 강의 아닌 강의에서 언급했던 흑인 숙녀(정말
전형적인 숙녀)였는데요, 맛깔나는 목소리와 멋진 매너, 그리
고 어린이에 대한 깊은 이해력을 지닌 분이었습니다. 어떤 반
신(半神)의 독재자도 제멋대로 예의 없이 구는 대중을 그분만
큼 기품 있고 손쉽게 다스리진 못했을 것입니다. 볼드윈 선생
이 자리하는 것만으로도 존경과 영광이 넘쳐흘렀습니다. 그
분은 ─ 단순히 무언가로부터 해방되었다는 의미의 자유가
아닌 ─ 영적인 자유를 지녔으며, 그분한테서 느껴지는 영광
은 ─ (현존하는 대부분의 생물들처럼) 아직 죽지 않고 살아 있다
는 의미의 존재가 아닌 ─ 진정으로 살아 있는 존재로부터 나
오는 것이었습니다. 그분을 통해 저는 제일 진정성 있는 힘은
곧 상냥함이라는 점을 경이로이 배웠습니다. 데리 선생의 경
우, 그는 교사라는 이름에 걸맞은 축복받은 영혼들 중 한 분이
었다는 점을, (그리고 제게는 늘 그런 분으로 기억되리라는 점을) 말
씀드리고 싶습니다. 그분은 주어와 온전히 사랑에 빠진 술어
와 같은 교사, 주어를 위해 기쁘게 살다 죽을 수 있는 그런 술
어와 같은 교사였습니다. 즐거움은 두터운 신앙심과 함께한
다는 것을 저는 그분을 통해 배웠고 (그리고 지금도 여전히 배우

---

14  마리아 볼드윈(Maria L. Baldwin, 1856~1922)은 당시 케임브리지 지역에서
    유일하게 교장의 직책까지 올랐던 흑인 여성 교사였다. 예술 관련 수업과 야
    외 수업 시스템을 도입하는 등 혁신적인 교수법을 통해 미국 전역에서 명성을
    얻었다. 제자들 중 유명인으로는 커밍스를 비롯해 사회학자이자 인권 운동가
    이며 흑인 최초로 하버드 대학교에서 박사 학위를 받았던 두보이스(W. E. B.
    DuBois, 1868~1963)가 있다. 세실 데리(Cecil T. Derry, 1882~1970)는 케임브
    리지 라틴어 학교의 교사로 재직하였으며, 커밍스가 하버드 대학교에서 영문
    학과 희랍 고전 문학을 전공하는 데 많은 영향을 끼쳤다.

고 있습니다.) 그분은 제게 희랍어를 가르쳐 주었습니다.

지금 이 시점에서 다음과 같은 말씀을 드려도 괜찮을 듯합니다. 제가 소년이던 시절은 굉장히 오래전입니다. 그 당시엔 시간이 곧 공간이라는 말이나 오이디푸스 콤플렉스라는 용어나 종교가 사람들의 아편이라는 구절이나 탁구를 치는 비둘기 같은 것들이 없었습니다. 그 시절엔 사회 계층이라는 것이 존재했을 뿐 아니라, 오히려 널리 퍼져 있었습니다. 모든 여성들이 지금 여기 계시는 숙녀 분들처럼 교양 있지는 않았으며, 신사는 신사이고 평민은 평민이었습니다. (이런 점은 교수직에 종사하며 어빙 거리와 스캇 거리에 살았던 분들이라면 잘 아실 것입니다. 왜냐하면 고상한 케임브리지 지역의 일부는 서민적인 서머빌 지역과 거의 맞붙어 있었으니까요.) 저 자신의 경우, 교수의 아들로서 (그리고 나중엔 성직자의 아들로서) 그런 관습적인 구분들을 자연스레 받아들이는 것이 무척 당연한 일이었지만, 저는 어떤 알 수 없는 이유로 그렇게 하지 않았습니다. 고결한 케임브리지가 자신의 가슴과 같은 깊숙한 곳으로 저를 더 강력히 끌어당길수록, 저는 이른바 품위라는 것을 지키며 살아갈 수 없음을 더 확실히 느꼈을 뿐만 아니라, 불경한 서머빌을 더욱 열심히 탐색하게 되었습니다. 그런데 불경한 서머빌에도 분명 가슴과 같은 아늑한 곳이 있긴 했지만(사실 그런 곳이 여러 군데 있었지만), 그곳 역시 비겁하고 부정한 일들이 많았습니다. 조금씩 그리고 서서히, 이중으로 환멸을 느끼게 된 저의 영혼은 놀라운 사실을 하나 발견하게 되었고, 덕분에 저는 (여러 차례에 걸쳐) 소위 인간성이라는 것을 지나치게 곡해하는 일을 피할 수 있었습니다. 그 발견이라는 것은, 말하자면 모든 무리와 조직체와 공동체가 — 아무리 겉보기에 이질적이라 해도 — 본질적으로는 동일하다는 사실입니다. 그리고 세상을 돌아가게 하는 것은 서머빌과 케임브리지 간의 사소한 차이가 아니라, 어느 한 지역과 개인성 사이의 무한한 차이라는 사실입니다. 여러분께서 이런 사실을 어떻게 생각하실지는 잘 모르겠습니다. 그래도 제게는 그것이 진실이라는 점을, 가장하지 않은 채 말씀드릴 수 있고 또 이렇게 말씀드리는 바입니다. 왜냐하면 제가 찾아 헤맸던 것은 (그리고 여전히 찾고 있는 것은) 온갖 다양한 환경 속에서 살아가는 진정한 개인들이기 때문입니다. 서머빌을 케임브리지로 바꾸거나 케임브리지를 서머빌로 바꿈으로써, 혹은 둘 모두를 바꾸지 않음으로써, 더 나은 세계를 만들 수 있으리라는 주장은 제겐 전혀 설득력이 없습니다. 더 나은 세계는 (제가 보기에) 탄생하는 것이지 만들어지는 것이 아닙니다. 그리고 그런 세계가 탄생한다는 것은 곧 개개인의 탄생을 의미합니다. 우리가 기도를 해야 한다면, 세계를 위해서가 아니라 항상 개개인을 위해서 합시다. 시인이자 화가인 윌리엄 블레이크(William Blake, 1757-1827)는 외칩니다. "타인에게 좋은 일을 행한다면, 그 일은 반드시 세세한 개체별로 해야 한다."[15] 연민을 표현하는 이 구절을 아마도 많은 분들이 익숙하게 여기실 것입니다. 그러나 이어지는 다음 구절을 아시는 분은 틀림없이 세 명도 채 되지 않을 것이라 장담합니다.

막연히 좋은 것이란 악당과 위선자와 아첨꾼의 핑계일 뿐이다.

15    윌리엄 블레이크의 서사시 『예루살렘』에 나오는 유명한 구절이다.

몹시도 소름 돋게 하는 이 구절은 모든 부정한 세계들이 파멸하리라는 것을 의미합니다. 그 세계들의 강령과 전략이 무엇이든, 거기에 어떤 영웅과 악당이 있든 상관없이 말입니다.

저희 집에서 나비도 날아갈 수 있을 만큼 아주 가까운 곳으로부터 신비로운 반야생의 영역이 시작되었고, 그곳을 중심으로 지적인 케임브리지와 화려한 서머빌이 나뉘었습니다. 이 마법과도 같은 중간 영역의 깊숙한 곳에 성이 하나 서 있었는데, 거기엔 하버드 대학교에서 유명했던 찰스 엘리엇 노튼이 살고 있었습니다. 교수도 아니고 교수의 자녀도 아닌 평범한 사람들은 그 지역을 "노튼의 숲"이라는 별칭으로 불렀습니다. 그곳에서, 당시 아주 작은 아이였던 저는 자연이라는 신비로움을 처음 접했습니다. 그곳에서, 굉장히 왜소했던 저는 자연의 광대함 속으로 들어서게 되었습니다. 그리고 바로 그곳에서, 더할 나위 없이 활발했던 누군가가 ── 현재의 제 자신과 거의 동일한 (그래도 완전히 똑같지는 않은) 누군가가 ── 마음껏 휘젓고 돌아다녔습니다. 자연은 상상 이상의 상상력이며 만고불멸의 복잡성이라는 사실에 경탄하면서 말입니다.

오 달콤하고 자연스러운
대지여
음탕한 철학자들의
노망한 손가락은

얼마나 자주
그대를

꼬집었고
그리고


찔러 대었는가,
과학이라는 버릇없는 엄지손가락이
들쑤셔 놓았구나
그대의


　아름다움을.　　얼마나
자주 종교들은 자신들의 앙상한
무릎 위에 그대를 데려다 놓고
쥐어짜고


뒤흔들며 그대가 신들을 마음에 품도록
만들었는가
　　　(그러나
그대의 율동적인 연인은


비할 데 없는
죽음의
침상에
충실하구나


　　그대가 저들에게


화답할 때는 오직

봄이다)


이후에 저는 이런 상상 이상의 상상력을 통해 린 지역에
서 대양의 파도가 산처럼 솟아오르는 놀라운 장면을 보았고,
뉴햄프셔 지역에서는 산들이 대양처럼 펼쳐진 신기한 광경도
보았습니다. 그래도 저는 자연을 처음 접했을 때 받았던 경이
감을 지금도 느끼고 있습니다. 또한 저는 (매번 되살아나는 자연
을 따르면서) 어쩔 수 없이 짓궂은 누군가의 모습으로 변해 갔
습니다. 가장 깊은 곳에 있던 저의 자아들은 그런 변화된 제
모습을 — 비록 온 세상에 드러내 보이진 않았지만 — 영락
없이 알아보았습니다.


이제 막-
봄이다    세상이 진흙탕 놀이처럼-
감미로울 때 그 작은
절름발이 풍선 장수는


휘파람을 분다    멀리서    그리고 작게


그러면 에디와 빌은
구슬 놀이를 하다가 뛰어와
해적 놀이를 한다
봄이다


세상이 물웅덩이 놀이처럼-신날 때

그 괴상한

늙은 풍선 장수는 휘파람을 분다

멀리서    그리고    작게

그러면 베티와 이자벨은 돌치기와 줄넘기를 멈추고


와서 춤을 춘다


봄

이다

그리고

　　　　그


　　　　염소 발을 한


풍선 파는 남자는    휘파람을 분다

멀리서

그리고

작게


세상을 격동하게 하는 암행자[16]는 자신의 신도를 평소보

---

16  "세상을 격동하게 하는 암행자(Turbulent Individual Incognito)"라는 구절은 봄
이 되어 온 세상에 변화를 일으키는 자연의 근원적인 힘을 의미한다. 자연은
만물을 격동하게 함으로써 인위적 규칙과 통제를 거부하게 하는데, 커밍스는
그것을 "암행자"와 "풍선 장수"라는 두 가지 은유로 표현한다. 또한 그는 그리
스 신화의 이미지를 이용하여 자연이 지닌 변화무쌍한 힘을 묘사한다. 시에서
자연은 "염소 발을 한" 목신 판(Pan)이며 아이들은 그를 추종하는 신도처럼 그
려진다. 이런 신화적 이미지는 스윈번의 시(60쪽)로 자연스럽게 이어진다.

다 더 법을 따르지 않도록 만들어 버렸습니다. 왜냐하면 저는 제일 크고 무성했던, 마치 궁궐 같았던 라일락 덤불 밖으로 (쾌활한 여자아이 둘과 함께) 쫓겨나던 순간을 생생히 기억하고 있으니까요. 그때 우리들을 쫓아냈던 광분한 허수아비 괴물은, 바로 저의 좋은 친구였으며 찰스 엘리엇 노튼 교수의 유능한 마부였던 버나드 매그래스(Bernard Magrath)의 모습을 하고 있었습니다. 도대체 안 될 게 뭐가 있겠습니까? 그때는 봄이었고, 봄에는 어떤 일도 일어날 수 있습니다.

전적으로 어떤 일이든 말입니다.

어떤 진실을 기념하며(그리고 최근의 사건들이 증명하듯, 11월에도 거의 무엇이든 일어날 수 있다는 사실을 인정하며), 이제 저는 소위 비평이나 논평 같은 것 없이, 봄을 경축하는 시 다섯 편을 들려 드리고자 합니다. 저는 이 시들을 제가 쓴 작품보다 더 좋아합니다. 첫 번째는 토머스 내시(Thomas Nashe, 1567-1601)의 시편, 두 번째는 초서(Geoffrey Chaucer, 1343-1400)의 『캔터베리 이야기』의 도입부, 세 번째는 스윈번(Algernon Charles Swinburne, 1837-1909)의 희곡 『칼리돈의 아탈란타』에 나오는 코러스 부분, 네 번째는 샤를 도를레앙(Charles d'Orléans, 1394-1465)이 론델 형식으로 쓴 시 한 편, 그리고 마지막으로 셰익스피어(William Shakespeare, 1564-1616)의 가곡입니다. 이 축시들은 (말하듯 읽는 대신) 노래하듯 읽어야 하는데, 만약 그렇게 느껴지지 않는다면 작품이 아닌 저를 탓해 주십시오.

봄, 향기로운 봄, 일 년 중 가장 즐거운 왕,
그때는 온갖 것들이 피어나고, 그때는 처녀들이 원무를 추네,
매서운 추위도 없고, 어여쁜 새들은 노래하네,
쿠쿠, 저억, 저억, 퓨위, 투 위타 우.

종려나무와 산사나무로 시골집들은 화사해지고,
양들은 장난치며 뛰놀고, 목동들은 온종일 피리를 부네,
우리는 새들의 즐거운 노랫소리를 늘 듣는다네,
쿠쿠, 저억, 저억, 퓨위, 투 위타 우.

들판은 향기롭고, 데이지꽃은 우리들 발에 입을 맞추고,
젊은 연인들은 서로 만나고,
늙은 아낙네들은 양지바른 곳에 앉아 있다네,
거리마다 이런 노랫소리가 우리들 귓가에 인사하네,
쿠쿠, 저억, 저억, 퓨위, 투 위타 우.
　　봄, 아름다운 봄.

4월이 감미로운 소나기로

3월의 가뭄을 뿌리까지 꿰뚫고

꽃피우는 힘을 가진 수액으로

나무의 온갖 정맥을 적셨을 때,

서풍 또한 달콤한 숨결로

모든 숲과 황야에서

부드러운 새싹들을 움트게 하고,

젊은 태양이 백양궁 쪽으로 반쯤 나아갔을 때,

뜬눈으로 온밤을 지새운 작은 새들이

(그렇게 자연은 그들의 마음을 격동케 하며)

사랑의 노래를 부를 때:

그럴 때면 사람들은 성지 순례를 열망하게 되고

(그리하여 순례자들은 낯선 해안을 헤매며)

여러 나라에서 이름난 먼 성소(聖所)를 찾는다.

특히 영국 방방곡곡에서 사람들은

캔터베리로 몰려간다.

자신들이 병들었을 때 도움을 준

거룩하고 복된 그 순교자를 찾아서.

봄의 사냥개들이 겨울의 흔적을 쫓을 때,
 초원과 평원 속 달(月)의 어머니는
그늘과 바람 부는 곳들을 채운다,
 나뭇잎의 살랑임과 빗물의 잔물결로.
갈색빛의 생기 있고 애교 많은 나이팅게일이
혀 없이 지새운 밤들과 온갖 고통은
절반쯤 누그러진다, 이틸로스로 인해,
 트라키아의 배들과 타국 사람들로 인해.


활을 구부리고 화살통도 비우고 오라,
 완전무결한 처녀여, 빛의 숙녀여,
바람 소리와 많은 강물 소리를 내며,
 떠들썩한 물결 소리를 내며, 전력을 다해 오라.
오, 그대 가장 빠른 이여, 그대의
화려하고 빠른 발에 샌들을 동여매어라.
희미한 동쪽에 생기가 돌면, 창백한 서쪽은 몸을 떤다,
 낮의 발걸음과 밤의 발걸음에 맞추어.


우리는 어디서 그녀를 만나고, 어떻게 그녀에게 노래하며,
 그녀의 무릎을 부여잡고, 매달릴 수 있겠는가?
오, 그 남자의 심장은 불이 되어 그녀에게 뛰어오르리라,
 불처럼, 아니면 솟아오르는 물줄기의 힘처럼!
별과 바람은 그녀에겐
의복과 같고, 하프 연주가의 노래 같구나.
떠오른 별들과 저물어 버린 별들이 그녀에게 매달리고,
 남서풍과 서풍은 노래를 부른다.

겨울비와 폐허는 모두 사라졌노라,
 눈과 죄의 계절도 모두 끝이로구나.
연인과 연인을 갈라놓은 날들도,
 짧아진 낮과 길어진 밤도 끝나리라.
추억 속의 시간은 잊어버린 슬픔이 되고,
서리가 사라지며 꽃들이 피어난다,
녹색 덤불숲과 초목 속에서
 꽃송이마다 하나씩 봄이 시작된다.

넘실거리는 개울은 골풀꽃을 먹고 살고,
 다 자란 풀들이 여행자의 발을 붙잡는다,
어린 시절 미약하고 갓 피어난 불꽃은
 잎에서 꽃으로, 꽃에서 열매로 붉어진다.
열매와 잎은 금이나 불꽃 같고,
귀리 피리 소리는 수금 소리 넘어 들려오며,
사티로스의 말발굽은 밤나무 뿌리에 떨어진
 밤껍질을 으깬다.

정오에는 목신 판을 저녁에는 주신 바쿠스를,
 발 빠른 새끼 염소보다 더 빠르게,
춤추며 뒤쫓아 기쁨으로 채우는구나,
 메이나드와 바사리드여.
웃다가 감추는 입술처럼 부드럽게
웃고 있던 나뭇잎들은 갈라지며,
뒤쫓는 신은 보이지 않게 가려 주고,
 숨어 있던 처녀는 드러내 보인다.

담쟁이덩굴로 만든 관은 주신의 여사제 머리에서

　눈썹 위로 흘러내려 그녀의 눈을 가린다.

잎을 떨군 산포도나무는 헐벗고

　눈부신 그녀의 젖가슴은 한숨으로 변한다.

산포도나무는 그 잎의 무게로 미끄러지지만,

열매 맺힌 담쟁이는 단단히 붙잡고 있구나,

반짝이던 손발을, 뒤따르던 늑대를

　놀라게 한 발을, 달아나는 새끼 사슴을.

계절이 망토를 벗었다네
비바람과 추위의 망토를,
그리고 자수를 달았다네
밝고 아름다워, 빛나는 햇살 같구나.

동물도 새도 한 목소리로
소리 높여 외치는구나,
계절이 망토를 벗었다네
비바람과 추위의 망토를.

강물도 샘물도 시냇물도
멋진 의상을 차려입은 듯,
금세공인의 은빛 구슬을 달고,
모두가 새 옷을 입는구나.
계절이 망토를 벗었다네,
비바람과 추위의 망토를.

총각과 처녀였다네,
  헤이, 호, 헤이, 노니노.
그들은 푸른 옥수수밭 너머로 지나갔다네,
  때는 봄, 청혼만을 위한 계절,
새가 울 때면, 헤이 딩아딩딩.
다정한 연인들은 봄을 사랑한다네.


넓은 호밀밭 사이에서,
  헤이, 호, 헤이, 노니노.
곱게 단장한 시골 사람들은 누워 있으리라,
  때는 봄, 청혼만을 위한 계절,
새가 울 때면, 헤이 딩아딩딩.
다정한 연인들은 봄을 사랑한다네.


그들은 바로 그 시간 이 노래를 불렀다네,
  헤이, 호, 헤이, 노니노.
인생은 그저 한 송이 꽃 같았으니,
  때는 봄, 청혼만을 위한 계절,
새가 울 때면, 헤이 딩아딩딩.
다정한 연인들은 봄을 사랑한다네.


그러니 지금 시간을 내시오,
  헤이, 호, 헤이, 노니노.
사랑이 제일 중요한 일이라오,
  때는 봄, 청혼만을 위한 계절,
새가 울 때면, 헤이 딩아딩딩.

다정한 연인들은 봄을 사랑한다네.

# 세 번째 강의 아닌 강의:
# 나 & 자아 발견


첫 번째 강의 아닌 강의에서 저는 단언했습니다. 저에게 개성은 곧 신비함이고, 신비한 것들에만 특별한 의미가 있다고 말입니다. 그리고 온갖 신비로운 것들을 창조하는 최상의 신비는 바로 사랑이라는 말씀도 드렸습니다. 거리낌 없었던 두 번째 강의 아닌 강의에서도, 저는 개성의 신비로움을 아동기 이후의 집단행동과 대조하였습니다. 그리고 특별히 한 아이가 최초로 깨달은 자연의 신비에 대해 설명드렸습니다.(또는 설명드리려 애썼습니다.) 이제 저는 E. E. 커밍스라는 사람이 어떻게 시인과 화가가 되었는지, 그 신비로운 변화를 둘러싼 저의 태도와 반응에 대해서 ─ 틀림없이 서투르겠지만, 그래도 솔직하게 ─ 말씀을 나누고자 합니다.

제게 진실한 아버지와 진실한 어머니 그리고 그분들의 참된 사랑으로 지은 즐거운 집이 있었다는 건 기적 같은 행운이었습니다. 마찬가지로, 정말 놀랍도록 운이 좋았던 저는 ─ 그런 사랑과 즐거움을 넘어서서 ─ 봉기하고 분투하는 세계를 접했고 부여잡았습니다. 그것은 삶 자체에 대한 호기심으로 가득 찬 무모한 세계, 온갖 도전을 반기는 생생하고 맹렬한 세계, 증오하고 경배하고 투쟁하고 용서할 만한 세계, 간단히 말씀드리면, 세계다운 세계였습니다. 어떤 이들은 따옴표 친 "안전"을 좇아서 기어가듯 살아갑니다만, 저는 요즘 그런 사람들을 볼 때마다 사춘기 시절 마음속에 품고 있던 이 불멸의 세계를 떠올립니다. 저는 스스로에게 경탄하듯 말합니다. "안전? 그것은 무엇인가? 부정적이고, 쉽게 사라지지 않으며, 수상쩍고 의심스러운 어떤 것. 탐욕과 회피, 기권이라는 비열한 자기 포기. 수많은 안일함과 무수한 비겁함. '안전'한 이들은 누구인가? 그저 노예들일 뿐이다. 자유로운 영혼은 '안전'을 꿈꿔 본 적이 없으니까. 만약 그랬다면, 그 영혼은 비웃을 것이고, 나아가 자신의 꿈을 부끄러워하며 살았을 테니까. 인간들은 결백하거나 사악하거나 자거나 깨어 있거나 숨쉬며 살아가지만, 그들 모두가 그저 '안전'에만 매달렸던 것은 (혹은 그럴 수 있었던 것은) 아니었다. 좋은 것들만 잔뜩 모아 놓은 세계가 있다면 그곳은 얼마나 괴물 같고, 얼마나 빈약해 보일 것인가!"

여호와는 묻혔고, 사탄은 죽었으니,
겁먹은 자들은 숭배한다, 크게 그리고 서두르며.
나쁘게 느껴지지 않는 나쁨,
온순함을 선량함이라 생각한다.
여기선 복종하라, 저기선 굴복하라 말하는,
만세의 오 개년 계획.
기쁨이 고통과 함께 저당 잡혔다면,

누가 감히 자신을 인간이라 부르려 할까?


남성성이란 여성의 예속을 바라는 사악한 세력들에 의해 전파된 야만적 신화입니다만, 여기 계신 청중 가운데 그렇게 생각하지 않는 분들도 계실 겁니다. 이런 이단적인 생각을 지닌 분들을 위해서, 저는 (현시점에서) 일화 몇 개를 즐겁게 말씀드리려 하는데, 아마도 지루하지는 않을 것입니다.

제가 첫 번째로 말씀드릴 일화는 약육강식이 판치던 시절에 살았던 어느 한량에 대한 이야기입니다. 그 사람의 부친은 호화로운 마천루를 손쉽게 소유할 수 있을 정도로 부유했습니다. 일명 상업의 대사원이라 할 만한 그 마천루에는 각종 휴식 시설이 갖춰져 있었으며, 그중에는 초고속 승강기가 포함되어 있었습니다. 그리고 그 승강기는 (기계라도 이따금 실수를 한다는 기특한 가정 아래) 정기적인 점검을 받았습니다. 초고속 승강기를 점검한다는 말은, 객차를 청소하고 나서 안전장치를 제거한 다음에 추락시키는 것을 의미합니다. 객차가 아래로 돌진하면, 객차 통로를 따라 공기 기둥은 점점 더 압축되고 (별다른 일이 일어나지 않는다면) 추락하던 객차는 압축된 공기에 의해서 결국 완전히 멈춰 섭니다. 아니, 그렇게 된다고 승강기에 대해 잘 아는 누군가로부터 전해 들었습니다. 어쨌든 젊은 X씨가 습관적으로 행했던 일은 이런 건전한 의식에 단순히 참석만 하는 것이 아니라, 막 떨어지려는 모든 객차에 직접 탑승하고서 아인슈타인 이전의 우주 법칙이 허용하는 한 가장 먼 곳까지 오랫동안 떨어지는 것이었습니다. 당연히 얼마 지나지 않아, 승강기에 대해 잘 모르는 누군가가 신문사에 전화를 했고 그 신문사는 기자를 보냈습니다. 기자는 (자신이 본 것에 어이없어 하면서) 그 인간 초월자에게 왜 그렇게 자주 낙하하느냐며 단도직입적으로 물었습니다. 놀기 좋아하는 우리의 주인공은 맞춤양복을 걸친 어깨를 으쓱거리며 말했습니다. "재미를 위해서죠." 그리고 (이건 극비라는 듯한 어조로) 덧붙였습니다. "숙취 해소에도 정말 좋거든요."

여기서 우리는 제가 청년이던 시절의 미국 남성의 태도를 살펴보았습니다. 혹은 (선호하시는 대로 바꿔 말씀드리면) 어떤 재담가가 "잃어버린 세대"라 명명했던 시대에 살던 청년기 미국 남성의 태도를 엿보았습니다. 그런데 — 이 말씀을 서둘러 덧붙여야 하는데요. — 지금 이 연사는 자신을 "잃어버린 세대"의 표본이라 여기지는 않습니다. 어쨌든 저의 요점은 우리 세대 중 많은 이들이 조금이나마 더 영웅적이었다는 말이 아니라, 그들 대부분이 모험을 마다하지 않았다는 사실을 말씀드리는 데에 있습니다. 저는 우리 세대가 재앙을 자초하며 그걸 즐겼다고 생각하지 않습니다. 제가 느끼기에, 우리는 새로이 태어나고 싶어 했습니다.

그럼 이제 여러분께 두 번째 일화를 들려 드리겠습니다. 이 일화는 (대략적으로 말씀드리자면) 이름 모를 한 개인에 대한 것이 아니라, "대중"이라 일컬어지는 수백만의 사람이 뒤섞인 오합지졸에 관한 이야기입니다.

꽤 최근에 뉴욕에서 있었던 일입니다. 수십 년간 소식 없던 옛 대학 동창 하나가 난데없이 나타나서 제게 말하길, 자신은 문명과의 관계를 끊었다고 합니다. 그는 하버드를 졸업한 뒤 (온갖 종류의 공황기와 해빙기를 겪었음에도) 광고 작가로 돈을 많이 번 것 같았습니다. 그런데 이런 성과가 오히려 그를 말할 수 없이 우울하게 만들었다고 합니다. 깊은 명상 끝에 그는 다음과 같은 결론에 이릅니다. 미국과 미국에 의해 점차 지배되는 세계는, 한 광고 작가의 눈으로 볼 때 정말 최악이라고 말입니다. 그래서 그는 즉시 다른 관점을 — 더 넓은 관점을, 사실상 최대로 넓은 관점을 — 탐색해 보기로 결심했습니다. 논리적이었던 저의 옛 친구는 가능한 한 최대로 넓은 관점을 성취함으로써 미국과 미국이 지배하는 세계를 바라보고자 했습니다. 이 일에 열중하던 중, 그는 어느 한 잡지의 (일단 잡지라고 해 둡시다.) 부편집장 보조를 맡은 사람과 면접 약속을 잡았습니다. 그 잡지는 매번 거의 모든 인간의 언어로 동시에 발행되는, 지상에서 가장 큰 부수를 자랑하는 정기 간행물이었습니다. 이리하여 우리의 대담한 모험가는 넥타이를 고쳐 매고, 심호흡을 여섯 번 한 뒤 목청을 가다듬고서, 면접실로 올라가 자격증을 제시하였고, 그러자 자리에 앉도록 권유받았습니다. 그는 자리에 앉았습니다. "자, 들어 봐요." 그 부편집장 보조는 제의했습니다. "당신이 우리와 일하고 싶다면, '세 가지 규칙'에 대해 알아 두는 게 좋을 거요." 제 친구는 "세 가지 규칙이란 어떤 것인지요?"라고 기꺼이 물었습니다. 그의 멘토는 이렇게 설명했습니다. "그 세 가지 규칙이란 이런 거요. 첫째는 '여덟에서 여든까지,' 둘째는 '누구나 할 수 있게 하라,' 셋째는 '기분 좋게 하라.'" 이에 "잘 이해가 안 됩니다만." 하고 제 친구가 고백하자, 그 담당자는 더 확실하게 알려 주었습니다. "정말 간단해요. 우리의 첫 번째 규칙은, 모든 출판용 기사가 누구에게나 흥미로운 것이어야 한다는 거요. 남자든 여자든, 여덟 살에서 여든 살 사이의 모든 독자들에게 말이오. 아시겠소?" 제 친구가 확실히 알아들었다고 하자, 그를 일깨워 준 사람은 말을 이어 나갔습니다. "둘째, 모든 출판용 기사는 글 속의 인물이 했던 일을, 그 일이 무엇이든지 간에, 독자들도 할 수 있다는 확신을 줘야 한다는 거요. (예컨대) 린드버그에 대한 글을 쓴다고 가정해 봅시다. 무한한 용기와 닭고기 샌드위치 몇 개만 가지고(참, 햄 샌드위치였던가?), 아무튼 역사상 처음으로 대서양을 무착륙 비행했던 그 사람 말이오. 내가 하는 말 알아듣겠소?" 제 친구는 "예, 이미 충분히."라고 중얼거렸습니다. 부편집장 보조는 이어서 말했습니다. "두 번째 규칙을 염두에 두었다면, 당신은 독자에게 다음과 같은 사실을 반복해서 강조해야 할 거요. 린드버그는 (어쨌든) 다른 이들처럼 그냥 보통 인간일 뿐이며 특별할 게 전혀 없었다고 말이오. 아시겠소?" 제 친구는 "그렇군요." 하고 엄숙한 표정으로 말했습니다. 그 부편집장 보조는 읊조렸습니다. "셋째, 당신이 중국에서 기록적인 홍수가 났다는 내용의 기사를 쓴다고 상상해 봅시다. 수만 명의 가난하고 불운한 남녀, 어린이들, 의지할 데 없는 아기들이 물에 빠져 죽거나 죽어 가고, 수만 명 이상이 굶주림에 서서히 죽고 있소. 이런 상상할 수조차 없는 고통, 형언할 수 없는 괴로움 등을 묘사해야 할 거요. 그런데 독자들은 이 기사를 읽고 난 뒤 반드시, 그리고 확실하게 처음보다 기분이 더 좋아져야 한다는 거요." 제 친구는 "조금 어렵게 들립니다만." 하고 용기를 내어 물었습니다. 그 조언자는 꾸짖었습니다. "바보같이 굴지 마시오. 당신이 해야 할 일은 그 참상에 대한 기사를 이렇게 끝맺는 거요. '그러나 (언제나 자비로운 하느님 덕분에) 우리 미국인들은, 높은 생활 수준과 기독교적 이상을 갖춘 우리 미국인들은, 절대로 그런 잔혹한 상황에 처하지는 않을 것이다. 성조기가 이 독립국의 자유와 정의를 위해 의기양양하게 펄럭이는 한 그러하리라.' 아시겠소?" 결국 환멸을 느낀 제 친구는 "잘 알았습니다."라고 말했습니다. "잘 가시오."

이렇게 두 번째 일화는 끝납니다. 믿고 안 믿고는 여러분 뜻대로 하십시오. 제 생각엔, 이 일화는 101퍼센트 사이비 세계를 다룬, 좀 허황되지만 그래도 나무랄 데 없이 잘 그려진 자화상입니다. 그 세계는 진실이 중계되는 곳이고, 사람들에게 해를 끼치지 않는 선량함이 있는 곳이며, 아름다움을 전문으로 하는 곳입니다. (당연한 일인지도 모르겠으나) 도대체 어떻게 저런 집단적 아수라장 속에서 진정한 개인주의적 인류가 생겨날 수 있는지 저는 ─ 늘 그렇듯 ─ 알지 못합니다. 그러나 여기 네 줄짜리 시편은 말해 줍니다.

그대와 나는 키스하고 노래 부를 때
쓸 입술과 목소리를 가지고 있지만
누가 신경이나 쓸까, 어느 외눈박이 후레자식이
봄을 측정하는 도구를 발명한다 해서?

저의 자아 발견에 대해 말씀드리자면, 우선 저는 소싯적에 자기도 모르게 과시하고 다녔던 모교에 감사해야 합니다. 공식적으로, 저는 하버드를 통해 언어와 학문에 대한 지식을 조금이나마 얻을 수 있었습니다. 호메로스를 잠시나마 접할 수 있었고, 아이스킬로스와 소포클레스와 에우리피데스 그리고 아리스토파네스는 조금 더 훑어볼 수 있었으며, 단테와 셰익스피어는 깊이 있게 살펴볼 수 있었습니다. 비공식적으로, 하버드는 제게 독립이라는 것을 처음으로 맛보게 해 주었을 뿐 아니라, 누구나 누렸을 법한 진실한 우정도 쌓게 해 주었습니다. 독립을 맛본 때는 최고학년이 되어, 운 좋게도 야드에 있는 기숙사 독방에 살게 되었을 즈음입니다. 그 당시 야드[17]에 있는 기숙사에 산다는 것은 강제가 아니라 명예였으며, 이런 명예는 아무래도 그 진가를 알 만한 최고학년들을 위해 따로 적절히 마련해 둔 것이었으리라 생각합니다. 그 이전까지는 원칙상 집에서 통학했었는데, 왜냐하면 주변 세계와의 친밀한 접촉을 다소 위험한 일로 여겼기 때문입니다. 이제 저는 그 주변 세계를, 꾸지람을 들을지언정 마음 놓고 배회할 수 있었습니다. 그리고 때를 놓치지 않고 그렇게 했습니다. 그런 주변 세계 중에서 보스턴이라는 도시는 온갖 인류 활동의 메카였는데, 순진한 영혼이었던 제게 깊은 인상을 심어 주었습니다. 덧붙인다면, 이렇듯 아득히 먼 옛날에도 보스턴엔 가 볼 만한 곳이 여러 군데 있었습니다. 영웅과는 거리가 먼 우리의 주인공이 어쩌다가 (지인에 의해 실제로 등 떠밀린 채) "섀넌 수녀의 거리"라 불리던 하워드가로 가게 되었는지, 그리고 어떻게 그 근처에 있던 숨 막힐 정도로 불결한 장소를 경험하게 되었는지, 또렷하게 기억이 납니다. 우리가 걸어가던 길에는 고주망태가 되어 큰대자로 뻗은 선원들이 여럿 있었기에, 그들

17  '하버드 야드(Harvard Yard)'는 하버드 대학교의 중심부에 있는 넓은 잔디 광장을 가리키는 말로, 핵심 학부의 건물들과 도서관, 기숙사 등이 모여 있다.

을 밟지 않으려고 갑자기 멈춰 섰던 일도 생생히 떠오릅니다. 제 등을 떠밀었던 친구가 태연자약하게 지폐 두 장을 건네고 텀블러 두 개를 샀는데 그 속엔 정직한 잭 델라니[18]가, 이른바 금주령 시대에 애지중지했던 음료보다 더 사악한 것이 들어 있던 일도 생각이 납니다. 그리고 마지막으로, 우리가 그 음료를 시음해 가며 스콜레이 광장에 성공적으로 당도했을 때의 일도 기억에 남아 있습니다. 자그마한 체구의 포주가 우리를 향해 무슨 말인가를 무미건조하게 웅얼거렸는데, 그자는 사람들이 붐비는 보도에서, 그것도 영화 극장의 번쩍이는 전구 불빛 아래 떡하니 자리 잡고서, 연애에는 두 종류가 있고 한 번에 25센트라며 대놓고 광고를 했습니다. 더구나 저 아득한 시절의 보스턴엔 특별한 재능을 지닌 사람들이 참 많았습니다. 그중에서도 베르나르[19]가 부르는 서곡은 악마와 천사를 달랠 정도였고, 파블로바[20]는 「반딧불이는 이제 그만」이라는 곡에 맞춰 춤을 췄는데, 그 공연을 명나라 이래 가장 귀족적인 작품으로 승화시켰습니다. 그리고 폴레르[21]라는 이름의 재주

---

18 　잭 델라니(Jack Delaney, 1900-1948): 프랑스계 캐나다인 복싱 선수. 잘생긴 외모와 출중한 실력으로 1920년대에 대중으로부터 큰 인기를 얻었다. 한때 헤비급 챔피언에 올랐으나 지나친 음주로 인해 결국 타이틀 방어에 실패하고 이후 하향세를 겪었다.

19 　사라 베르나르(Sarah Bernhardt, 1844-1923): 19세기 말에 활동했던 프랑스 연극배우이자 초창기 무성 영화 배우다. "거룩한 사라"라는 별명으로 불리며 당시 일류 배우로서 큰 인기를 끌었다.

20 　안나 파블로바(Anna Pavlova, 1881-1931): 러시아 출신 발레리나로 자신이 소속된 마린스키 발레단과 함께 세계 순회공연을 다녔다. 특히 파블로바는 자신의 출세작 「빈사의 백조」를 4000여 회 이상 공연한 것으로 유명하다.

21 　에밀 마리 부샤드(Émilie Marie Bouchaud, 1874-1939): "폴레르(Polaire)"라는 별명으로 활동했던 프랑스 출신의 인기 배우이자 가수다. 16인치 정도의 눈에

많은 여인도 있었는데, 그녀는 허리가 너무나 가늘어서 보통 남성의 손으로 잰다면 둘레가 세 뼘 정도밖에 안 될 듯했습니다. '터키 트롯'이나 '버니 호그' 같은 춤이 있었고 「모두가 하고 있네」, 「알렉산더의 래그타임 밴드」, 「여기 누가 켈리를 보셨소?」, 「착한 소녀에게도 조금은 나쁜 면이 있다네」, 「서스캐처원 강둑에서」, 「이제 여기로 아빠가 오는군(오팝, 오팝, 오팝, 오팝)」과 같은 유행가도 있었던, 낮에도 (그리고 밤에도) 참 좋은 시절이었습니다. 워싱턴가에 있는 바텐더들의 기교를 능가할 자는 아무도 없었는데, 그들은 '푸스 카페 칵테일'을 완벽하게 제조하는 일을 진정 즐겼습니다. 또한 우드칵가의 웨이터들만큼 정중한 이들도 없었는데, 그들은 명령에 따르지 않고 스스로 행동했으며, 언제나 들어오기 전에 노크를 두 번 했습니다. 더 나아가, 저는 보스턴 시 덕분에 검열이라는 사악한 빛에 대해서도 (그것도 아주 분명하게) 알게 되었습니다. 어느 날 저녁, 옛 하워드가가 예전 모습 그대로 있다고 합시다. 그러면 바로 그다음 날, 여러분께서는 무슨 장례식장에 와 있는 듯한 기분을 느끼게 될 것입니다. 호리호리한 몸매의 미스 거트루드 호프먼[22]이 가냘픈 소녀들과 함께 보스턴에 왔을 때, 그들 모두 손목과 발목까지 덮는 속옷으로 온몸을 억지로 가려야 했습니다. 유치장에 수감된 어느 담배 장수는 자신이 팔던 담뱃갑에 속살이 비치는 얇은 옷을 입은 여인의 그림이,

띄게 가는 허리로 유명했다.

22  거트루드 호프먼(Gertrude Hoffman, 1885~1966): 20세기 초에 유행했던 보드 빌 전문 댄서이자 안무가다. "호프먼 걸스"라는 이름으로 자신의 공연단을 조직해서 2차 세계대전이 발발하기 전까지 북미와 유럽에서 순회공연을 해서 큰 인기를 얻었다.

심지어 은밀한 부위까지 확연히 드러낸 여인의 그림이 장식 돼 있다는 죄명으로 잡히기도 했습니다. 이에 격분한 그의 변호사가 자신의 고객은 행복하게 결혼 생활을 하고 있다며 이의를 제기했으나 아무 소용이 없었습니다. 한편 보호와 감시를 담당했던 섬너 씨[23]가 수집한 독보적인 외설물들은 상류층, 서민 가릴 것 없이 누구나 좋아하는 이야깃거리였습니다. 이러한 청교도주의의 침탈이 거의 사십 년 전에 저를 경악시켰다면, 최근에 저를 더 놀라게 한 것은 바로 미국의 어느 영화관에서도 여성의 가슴이 완전히 노출된 장면을 상영할 수 없다는 사실입니다. 그 여성이 (다른 데서 차용한 말로 표현하자면) 하얗게 덧칠되지 않는 한 말입니다. 진정으로, 따옴표 친 "민주주의"라는 것은 별난 질병입니다. (제가 말씀드리지만) 이 몹쓸 대머리 시인이 다음과 같이 노래할 때, 가슴 저 깊은 곳에서 동정하지 않을 사람은 없을 것입니다.

오라(당신들은 모두 장난꾸러기들

　장난질 친다)

　당신들은 모두


꺼림칙한

　개구쟁이들(이 후레자식들아 다이너마이트를 던져)

　　지식이 요술을 부리게 하자


---

23　존 섬너(John S. Sumner, 1876–1971): 20세기 초 '뉴욕윤리실천위원회'라는 단체를 이끌던 극단적 보수주의자다. 그는 자신이 조직한 단체를 통해 당시 가판대에서 팔던 각종 신문과 잡지를 비롯하여 음란하다고 생각되는 상품과 그 관련자들을 모두 법정에 고발하였다.

빛나는 신조들을 가지고 각각 나누어떨어지는 바보

(삶 모방 잡담 두려움 삶 같지 않은 삶
비천함, 그리고
죽지 않는 일에
성공하기)

　존재는 여전히 생겨날 것이다. 새들이 사라진다
　알맞게: 벼락이 시를 짓는다
손상 대칭 지진 불가사리
　때문이 아니라(누구도 달을 그)
　달에게 팔 수 없기 때문이다.

이제 우정에 대한 이야기를 해 봅시다.

하버드를 통해, 저는 스코필드 세이어(Scofield Thayer, 1889-1982)를 만났습니다. 그리고 하버드에서, 시블리 왓슨(James Sibley Watson, 1894-1982)을 알게 되었습니다. 이 두 친구는 나중에 사회 개량주의를 지향한 간행물 《다이얼》을 순수 예술을 다루는 일류 잡지로 변화시켰습니다. 그리고 두 사람 모두 군중주의에 맞서 개성을 존중하기 위해 끊임없이 분투하였는데, 그야말로 추함에 대항해 아름다움을 지키는 불후의 전투였습니다. 말 그대로 투지 넘쳤던 저 두 인물과 그들의 전무후무한 업적에 대해선 여러분 대부분이 지금까지 잘 모르고 계실 텐데요, 이런 사실이 제겐 조금도 놀랍지 않습니다. 저는 그들만큼 용기와 예의, 품위와 지성을 지녔고, 놀랄 만한 인내심과 엄청난 관용을 갖춘 사람들을 본 적이 없습니다. 하지만 그들은 시샘 속에서 신뢰받지 못하거나 비도덕적으로 멸시당하거나 잔인하게도 미움을 샀습니다. 마치《다이얼》을 싫어하던 자들이 그 잡지를 폄하했던 것처럼 말이죠. 심지어 이 진실하고 고귀한 모험이 정점에 이르고 나서 이십 년 이상의 세월이 흐른 오늘날까지도, 저 모험가들의 질책은 계속됩니다. 미국의 지식인 중에는 불한당 같은 짓을 하는 이들도 많은데, 그자들에 대해 침묵하자고 결탁하는 것은 진저리가 날 만큼 터무니없는 일이라 꾸짖고 있습니다. 그리고 공중의 이익이 세세한 개체들보다 우선시되고 영적 기만이 만연한 시대인 한, 그들의 질책은 앞으로도 사그라지지 않을 것입니다.

(게다가) 하버드에서 저는 스튜어트 미첼(Stewart Mitchell, 1892-1957)을 만났습니다. 그 친구는 우리 대학에서 유일하게 진지한 학부생 잡지였던《먼슬리》의 편집장을 맡았고, 나중엔《다이얼》의 편집국장이 되었습니다. 존 더스 패서스(John Dos Passos, 1896-1970)도 만났는데, 그의 헌신적인 노력을 통해『여덟 명의 하버드 시인들』이라는 아주 실험적인 작품집이 나올 수 있었습니다. 그리고 S. 포스터 데이먼(Samuel Foster Damon, 1893-1971)이라는 친구는 도메니코스 테오토코폴로스와 윌리엄 브레이크의 작품 세계뿐만 아니라 (그 당시 기준으로) 초현대적인 온갖 음악과 시와 그림을 향해 저의 눈과 귀를 열어 주었습니다. 시어도어 밀러(Theodore A. Miller, 1885-1929)도 잊을 수 없는데, 그는 제게 보물 같은 시구절들을 알려 주었습니다. 가령,

슬퍼하라, 오 비너스와 큐피드여
그리고 고운 마음씨를 지닌 모든 인간들이여

라는 카툴루스의 아름다운 구절이나

걷잡을 새 없이 세월은 달려가 버린다.
기도를 해도 막을 길 없으리라,
주름과 다가올 노년과 정복하지 못할 죽음을

이라는 호메로스의 장엄한 구절도 있습니다. 그리고 사포
의 마법처럼 빛을 발하는 기원문도 있습니다.

다채롭게 빛나는 옥좌에 앉은 불멸의 아프로디테여

그러나 가장 잊을 수 없는 상냥함의 징표는 바로 저 영광
스러운 사람[24]이 쓴 시와 편지를 모아 놓은 책일 것입니다. 그
사람은 다음처럼 고백했지요.

나는 오직 진심 어린 애정에서 나오는 성스러움과 상상력의 진
실성만을 확신하오.

그리하여 — 도덕주의로부터 유쾌하게 벗어난 뒤, 제 마
음의 하늘 저 높은 곳에서 — 알려지지 않았고 알 수도 없었

---

24    낭만주의 영국 시인 존 키츠(John Keats, 1795-1821)를 지칭한다. 커밍스가 인
      용한 구절은 키츠가 자신의 친구 벤저민 베일리에게 보낸 편지의 일부분이다.

던 미지의 새 한 마리가 노래하기 시작했습니다.

하버드를 졸업하고, 저는 감사하게도 (자아 발견과 관련하여) 어떤 현상과 기적을 경험하였습니다.[25] 그 현상이란 크고 작은 것들이 뒤섞인 키메라로서, 마음이 물질을 사악하게 겁탈한 뒤에 생겨났습니다. 그 현상은 남근 달린 여성의 모습을 한 환영의 산물로, 우레처럼 강렬한 익명성의 옷을 입었고 분주히 떠도는 거대한 거미줄로 치장하고 있었습니다. 또한 그 현상은 경탄을 금하지 못할 정도로 완전히 새로운 것으로, 그 속에는 사전에 철저히 계획된 즉흥적인 것들이 있었습니다만, 다행히 먼 옛날의 민족과 국가 들에 관한 것도 있었습니다.

맹세코 나는 14번가(街) 위쪽으로 가 보고 싶다[26]

---

25    커밍스는 하버드 대학교를 졸업하고 이듬해 1917년에 뉴욕 시로 이사한다. 그
      해 4월에 야전 의무대의 앰블런스 운전병으로 자원입대하기 위해 프랑스로 떠
      난다. "현상"과 "기적"은 각각 그 당시에 처음 경험했던 뉴욕과 파리를 지칭한
      다. 청년 시절의 커밍스가 역동적인 대도시에 매료되었던 까닭은 그곳이 조용
      하고 평화롭기만 했던 하버드 재학 시절의 케임브리지 지역과 극명한 대조를
      이루었기 때문이다. 그는 "현상(뉴욕)"을 "키메라", "남근 달린 여성", "강렬한
      익명성", "거대한 거미줄" 등과 같은 자신만의 독특한 시적 은유를 사용하여
      묘사하고 있다.
26    이 시에서 커밍스는 뉴욕 시 맨해튼의 번잡하고 떠들썩한 거리를 좀 더 생생
      히 전달하기 위해 구체적인 지명을 시어로 사용한다. 그는 "14번가"를 중심으
      로 그 위쪽에 위치한 "5번가"와 "브로드웨이"를 소개한 다음, 그 아래쪽에 위
      치한 "싱어 빌딩", "월가", "워싱턴 광장", "그리니치빌리지" 그리고 어딘지 알
      수 없는 "미로 같은 거리"를 묘사한다. 덧붙여 "개코원숭이"는 문맥상 "브롱크
      스 동물원(Bronx Zoo)"을 간접적으로 지칭한다고 볼 수 있다.

5번가 깊숙이 가르랑거리는 이두박근, 브로드웨이에서
들려오는 알 수 없는 요란한 웃음소리, 부유하거나 빈약하거나
안정되거나 터무니없는 삶을 살아가는 평범한 사람들
(나는 갈망한다


아래쪽에 있는 것들을. 싱어. 월. 나는 원한다
곧추선 입술과 광기 어린 이빨과
수직의 미소를


나는 봄날의 그 광장이 좋다
그 작고 시끌벅적한 그리니치의 향기가 나는 모조품이 좋다[27]


그래도 제일 좋아하는 것은, 다채로운 색깔이 펼쳐지는
익살맞은 미로 같은 거리다…… 그리고 개코원숭이


시시한 것들로 낄낄댄다. 그 사이 나는 앉아서,
불투명한 텀블러에 담긴 아니스주를 홀짝홀짝 마신다
성숙한 여자애는 카눈 연주에 맞춰 엉덩이를 진하게 흔든다


---

27    커밍스가 묘사하는 워싱턴 광장의 공원은 그리니치빌리지와 매우 가까운 거리
에 위치해 있다. 광장에는 미국의 초대 대통령 조지 워싱턴의 취임 100주년을
기념하기 위해 1892년에 대리석으로 만든 아치가 서 있다. 커밍스가 워싱턴 광
장을 "모조품"이라고 표현한 이유는 아마도 광장의 상징인 대리석 아치가 파
리의 개선문을 모델로 건설되었기 때문일 것이다. 또한 광장의 아치는 뉴욕 시
의 다양한 예술 문화 활동과 사회 비판 운동의 상징처럼 여겨지는데, 이런 이
미지는 20세기 중반 예술가들이 주도한 반문화 운동의 중심지였던 그리니치
빌리지와 유사하다. 따라서 커밍스의 시선으로 본 워싱턴 광장은 "그리니치의
향기가 나는 모조품"이다.

그런데 하산은 그리스인들이 숨 쉬는 것을 보며 소리 없이 웃는다)

저 또한 뉴욕에서 숨통이 트이는 것 같았습니다. 마치 처음 숨을 쉬는 사람처럼 말입니다.

(하지만) 진정 처음으로 숨통이 트였던 때는, 이른바 전쟁이 일어났을 무렵이었습니다. 전사도, 양심적 병역 거부자도 아니었고 도덕군자도, 영웅도 아니었던 저는 앰뷸런스 운전병으로 입대하기 위해 프랑스행 배에 승선하였습니다. 맨해튼의 마천루들에서 열리던 연회장에 경험 삼아 가 본 적이 있는데요, 그 당시에 저는 어렸을 때부터 열망해 왔던 독립을 한껏 맛보았습니다. 그런데 그때보다 더 큰 자유를, 저는 프랑스에서 느꼈습니다.

파리. 이 4월의 저녁노을은 온전히 들려준다
담담하고 조용히 대성당에 대해 들려준다

우뚝 선 대성당의 장엄하고 야윈 얼굴 앞
거리는 비를 맞아 젊어진다

다른 곳에서 본래 적대 관계였을 두 가지 영역이 이곳에서는 다정하게 공존했고, 각자 (나름의 특성을 드러내며) 서로를 돋보이게 했습니다. 말하자면 아주 용감히 찰나의 사랑을 하느냐, 아니면 고귀하고 아름다운 영원의 사랑을 하느냐, 제게 이 둘 중 하나를 택하는 일은 상상할 수도 없었습니다. 3000해리나 떨어진 곳에서, 그것도 몇 해 전부터, 뉴잉글랜

드의 한 청년은 그 두 가지 영역을 주시하였고 또한 지배하고
자 격렬히 몸부림쳤습니다. 그 당시에 비(非)청교도적이던 저
는 — 피가 솟구치는 나이였기에 — 속세의 영역이 압도적으
로 승리하는 방향으로 마음이 기울었습니다. 그 후 저는 물질
과 영적인 것들을 실제적으로 결합하는 일에 참여했습니다.
친밀한 조화를 이룬 영혼과 육체, 영원과 현재, 천상과 지상을
저는 찬양하였습니다. 이렇듯 제가 느낀 파리는, 정확하게 그
리고 종합적으로 말씀드리자면, 동질적 이원성의 세계였습니
다. 그곳은 모든 것을 흔쾌히 받아들이는 초월성의 세계였으
며 죽음이나 삶 같은 말을 넘어선, 실제로 사람들이 살아가고
죽어 가는 그런 세계였습니다. 뉴욕이 말도 안 되게 큰 거대
한 자아라고 했을 때, 그 속에 든 인간은 피그미처럼 작아 보
였습니다. 그런 반면에 파리는 (그 형태와 몸짓과 길거리와 구석
진 이곳저곳에 이르기까지) 사람다운 인간미를 계속해서 표현하
고 있었습니다. 온 사방에서 저는 사람들이 기적처럼 존재하
고 있다는 것을 느꼈습니다. 단순히 아이와 여자와 남자의 존
재를 느꼈다는 말이 아니라, 실제로 살아 움직이는 사람들의
존재를 느낄 수 있었습니다. 그리고 저는 그들의 언어를 거의
알아들을 수 없었지만, 이런 사실에 크게 개의치 않았던 것 같
습니다. 왜냐하면 어차피 인생은 한순간 함께 살다 가는 것이
라는 진실을, 우리들은 영적으로 교감하고 있었기 때문입니
다. ('전쟁'이라는 이름의 광기를 접하면서) 한때 봉기하고 분투하
던 세계는 무너져 내렸고, 추하게 시들어 가는 작은 파편이 되
었습니다. 하지만 다른 한편으로 사랑이 제 가슴속에서 태양
처럼 솟아올랐으며, 아름다움은 제 삶에서 별처럼 피어났습
니다. 바로 그때, 처음이자 마지막으로, 저는 제 자신이 되었

습니다. 언젠가는 저승에 갈 현세의 주민으로서, 태어나고 죽는 모든 인간들 중 하나로서 말입니다.

지금까지 말씀드린 바와 같이, 모교에서 받은 수많은 혜택 중 학문적 풍요는 제일 소소한 것이라 하겠습니다. 모교를 통해서 — 그리고 그보다 더 관대한 배움터였던 뉴욕과 파리를 통해서 — 우리의 무식꾼은 엄청나게 큰 은혜를 입었습니다. 마지막으로, 그러나 제일 중요한 일로서 제가 자아 발견을 할 수 있도록 기꺼이, 또 아낌없이 도와주신 훌륭한 분들께 감사의 마음을 전합니다.

신비로움은 모든 이들로 하여금
몸에 우주를 걸치게 하고, 마음은 시간을 벗게 한다

그럼 이만 시로 넘어가겠습니다.

이전 강의의 마지막 부분에서, 저는 봄을 기념하는 시 다섯 편을 여러분께 읽어 드렸습니다. 오늘 밤엔 여러분께 사랑을 기념하는 시 다섯 편을 낭독하려 합니다. 첫 두 작품은 단테와 셰익스피어가 쓴 소네트들입니다.(제 생각엔 현존하는 소네트 가운데 가장 훌륭합니다.) 세 번째는 너무 유명해서 누구든 특별히 할 말이 없을 듯하지만, 로버트 번스(Robert Burns, 1759-1796)의 서정시 한 편입니다. 네 번째는 존 던(John Donne, 1573-1631)이 쓴 「잠자리에 드는 애인에게」라는 작품으로, 적당히 거창하고 긴 시입니다. 마지막은 제가 좋아하는 연애시인데요, 독일의 고전 시인 발터 폰 데어 포겔바이데

(Walther von der Vogelweide, 1170-1230)가 쓴 「보리수 아래에
서」입니다.

나의 여인이 남들에게 인사할 때면
　　정말 온화하고 품위 있어 보여,
　　모두들 떨리는 혀로 말을 잇지 못하고,
　　눈으로도 감히 쳐다보질 못한다.

그녀는 칭찬 소리를 들으며 계속 걷는다,
　　우아하게도 겸손의 옷을 입은 채.
　　그리하여 그녀는 지상에서 기적을 증명하려
　　천상으로부터 내려온 피조물처럼 보인다.

그녀는 바라보는 이들에게 정말 상냥해 보이고,
　　그녀의 눈에선 달콤함이 가슴을 울리니,
　　느껴 보지 않은 이들은 알 수 없으리라.

그리고 그녀의 입술은 사랑으로 가득 찬
　　감미로운 영혼의 마음을 움직이고,
　　그 영혼에게 다가가 말을 건넨다: 한숨짓노라.

진실한 마음으로 맺어진 결혼을

나는 방해하지 않으리라. 사정에 따라

변하거나 연인이 변심할 때 따라서

변심해 버리는 사랑은 사랑이 아니로다.

아, 아니로다! 사랑은 영원히 변치 않을 지표이기에

폭풍을 겪고도 동요치 않으리라.

사랑은 표류하는 모든 배들의 북두칠성이며,

그 높이를 잴 수는 있어도, 그 진가는 알 길 없도다.

세월의 낫이 장밋빛 입술과 뺨을 베어 버릴지라도,

사랑은 세월의 놀림감이 아니고,

사랑은 짧은 시일에 변치 않으며,

최후의 심판까지 견디며 나아갈 것이다.

　이것이 틀린 생각이고 그리 증명되었다면,

　나는 시를 쓰지도, 누군가를 사랑하지도 않았으리라.

오 내 님은 유월에 갓 피어난
　　붉디붉은 장미.
오 내 님은 곡조를 맞춰 연주된
　　감미로운 멜로디.

그대는 이처럼 고와서, 어여쁜 소녀여,
　　나는 이토록 그대를 깊이 사랑하네.
언제까지나 나 그대를 사랑하리라, 내 님이여,
　　온 바다가 말라 버릴 때까지.

온 바다가 말라 버릴 때까지, 내 님이여,
　　그리고 태양이 바위를 녹일 때까지.
언제까지나 나 그대를 사랑하리라, 내 님이여,
　　인생의 모래알이 다할 때까지.

그러니 잘 있으시오, 유일한 내 사랑이여!
　　잠시 동안만 잘 있으시오!
그러면 나 다시 돌아오리다, 내 사랑이여,
　　만 리 길이라 할지라도.

오시오, 부인, 오시오, 내 힘은 절대 사그라지지 않소.
내가 일을 다 치를 때까지, 일을 치르고 누울 때까진 말이오.
적은 때때로 상대를 시야에 둔 채,
싸우지 않고 서 있는 것만으로도 지친다오.
그 허리띠를 푸시구려, 하늘의 띠처럼 반짝이지만,
훨씬 더 아름다운 세계를 감싼 그것 말이오.
당신이 입은, 반짝이로 장식된 그 가슴바대의 핀을 푸시구려,
참견하기 좋아하는 바보들이 눈길을 두었을 바로 그곳 말이오.
옷을 벗으시구려, 왜냐하면 저 듣기 좋은 차임벨 소리가
내게 알린다오, 당신이 이제 잠자리에 들 시간임을.
그 행복해 보이는 코르셋을 벗어 주오, 난 질투가 난다오,
고 녀석은 언제나 당신 곁에, 아주 가까이 서 있을 수 있으니.
당신의 가운이 벗겨지면, 매우 아름다운 자태가 드러날게요,
마치 산 그림자가 물러가며 꽃으로 뒤덮인 초원이 드러나듯이.
그 철사 같은 관 따위는 벗어 버리고 보여 주오,
당신 머리에서 자라나는 머리카락 왕관을 말이오.
이제 그 신을 벗고 조심스레 걸어오시오,
비어 있는 이 사랑의 성전으로, 이 부드러운 침대로.
그렇게 흰옷을 입고서, 하늘의 천사들도 남자들에게
안기곤 했다오. 천사인 그대는 마호메트의 천국 같은
낙원을 가져다주는구려. 비록 악령들도
흰옷을 입고 걷는다지만, 사악한 영혼과 천사들을
우리는 쉽게 구별하오. 바로 이런 기준으로 말이오.
악령은 우리 머리카락을, 천사는 우리 육체를 꼿꼿이 세우리라.
　더듬는 나의 손길을 허락해 주오, 그리고 내 손길이
앞으로, 뒤로, 사이로, 위로, 아래로 가게 해 주시오.

오, 나의 아메리카여! 새로 발견한 나의 대지여,
남자가 하나뿐일 때 가장 안전한 나의 왕국이여,
나의 보석 광산이여, 나의 제국이여,
당신을 발견한 나는 얼마나 축복받았는가!
이런 속박 아래 사는 것은 자유롭게 되는 것이니,
내 손길이 닿는 곳에, 나의 봉인이 찍힐 것이오.

　다 벗어 버리시오! 모든 기쁨은 당신 때문이라오,
완전한 기쁨을 맛보려면, 영혼이 육체를 벗어나듯
육체는 옷을 벗어야 한다오. 그대 여인들이 쓰는 보석은
남자들의 눈앞에 던져 놓은 아탈란타의 황금 공과 같아서,
어느 바보로 하여금 보석을 볼 때, 그의 속된 영혼이
여인들이 아닌, 여인들의 보석을 탐하게 하려는 거라오.
그림처럼, 혹은 속인(俗人)들을 위해 만든 화려한
책 표지처럼, 그렇게 여인들은 모두 차려입는다오.
여인들은 신비한 책이니, 이 사실을 오직
(그들이 지닌 은총으로 위엄을 갖추게 될)
우리만이 드러난 대로 보아야 하오. 그러니, 내가 알 수 있도록,
산파에게 보여 주듯, 아낌없이 보여 주오,
그대 자신을: 그렇소, 모두 던져 버리시오,
이 하얀 리넨 속치마도,
순결 때문에 속죄를 구할 일은 없소이다.

　그대를 가르치려고, 내가 먼저 벌거벗었소. 그렇다면
그대를 덮어 줄 옷이 달리 뭐가 필요하겠소, 한 남자 외엔.

들판 위
보리수 아래에서
우리들의 보금자리가 있던 곳,
그곳에 가면 볼 수 있으리,
꽃과 풀이
예쁘게 꺾여 있는 것을.
골짜기 숲 앞에는
탄다라다이
　나이팅게일이 예쁘게 지저귀었지.


　나는 초원으로
달려갔다네.
임께서 먼저 그곳에 와 있었기에.
그곳에서 나는 임의 품에 안겼다네,
성모 마리아여!
그래서 난 늘 행복하다오.
그이가 내게 입맞춤했느냐고? 적어도 수천 번은!
탄다라다이
　보시오, 내 입술이 얼마나 빨개졌는지.


　임께서는 그곳에 만들어 두었다네,
꽃으로 장식된
호화로운 침대를.
누군가 그곳을
지나가다 보면,
실컷 웃게 되리라.

장미꽃들을 보면 알 수 있을 테니,

탄다라다이

　어디에 내 머리가 놓여 있었는지를.


　임께서 내 곁에 누워 있었음을

누구든 알게 된다면

(정말 그런 일이 없기를!), 나는 부끄러워지리라.

임과 내가 무엇을 했는지

아무도 알아서는 안 되기에.

임과 나 외에는

그리고 작은 새 한 마리 외에는.

탄다라다이

　비밀은 지켜지리라.

# 네 번째 강의 아닌 강의:
# 나 & 당신 & 있음

지금부터 말씀드릴 내용은, 저의 관점에 보면 신명 나는 것입니다. 그러나 여러분들의 입장에 본다면, 거의 틀림없이 지루할 것입니다. 혹시 이미 지루하셨더라도 그다지 오래되진 않았으려니 하고 제멋대로 생각하고 있습니다. 그리고 저는 (가능한 더욱 제멋대로) 다음과 같이 생각하고 있습니다. 우리가 지난번에 만났을 때, 혹은 (참석 못 하신 분들의 경우) 만나지 못했을 때, 오랫동안 잊고 지냈던 어떤 인물은 바야흐로 E. E. 커밍스가 되었습니다. 결과적으로, 우리는 미적 자화상을 통해 이 무식꾼이 지닌 본연의 모습 중 그 절반이나마 온전히 알아보려 하였고, 이런 작업은 곧 작가로서 그의 태도를 탐구하는 일이라 하겠습니다.

제가 느끼기에, 글쓰기는 예술입니다. 그리고 저는 예술가들을 사람이라고 느낍니다. 사람은 멈춰 서고, 그렇게 또 사람은 존재하게 됩니다. 어떤 이들이 곡예사 같은지 아닌지를 말씀드리려는 게 아닙니다. 그런데 이 말씀이 『그 남자』와

『산타클로스』 같은 저의 희곡 작품들을 생각나게 하는 이유는 뭘까요? 지금은 산문에 할애해야 할 시간이므로 우선 넘어가도록 하겠습니다. 이번 시간에 다룰 여러 문장과 에세이 그리고 에세이 발췌문 등은 모두 멈춰 서 있는 누군가를 표현하고 있습니다. 저는 그 표현들을 연대순으로 배열하고, 언제 출판되었고 어떤 형태인지를 말씀드리려 합니다. 그렇지만 여러분께서 자기 나름의 (만약 있다면) 결론에 이를 수 있도록 해 드리겠습니다. 이 말이 무슨 의미인지는 나중에 깨닫고 이해하시게 될 것입니다. 다음 삼십 분 동안엔, 특별히 어느 한 사람이 살아온 삼십 년을 보여 드리고자 합니다.

1922년 — 저의 첫 작품 『거대한 방』 중에서.

어떤 것들이 늘 곁에 있다는 이유만으로, 사람들은 그것들이 존재하고 있음을 믿지 못한다. 이런 종류의 것들은 — 늘 우리 내부에 있고, 사실상 우리 자신과 같으며, 따라서 우리 마음속에서 밀어내거나 따로 떼어 낼 수 없는 것들은 — 더 이상 사물이 아닌 것이다. 그것들을, 즉 그것들인 우리 자신을, 표현하는 명사화된 동사가 하나 있는데, 바로 '있음'이다.

1926년 — 『있음 5』라는 제목의 시집 서문 중에서.

저의 작문 기법이 복잡하거나 독창적이리라는, 아니면 둘 다이리라는 가정 아래, 출판 관계자들은 제게 이 책의 서문을 써 달라고 정중히 요청하였습니다.

저의 작문 이론은, 만약 제게 그런 게 있다면 적어도 독창적이지도, 복잡하지도 않습니다. 저는 그 이론을 서른 글자로 된 인용구로 표현할 수 있는데, 그것은 「영원한 물음과 불멸의 해답」이라는 벌레스크 공연에 나오는 구절입니다. "아이를 가진 여자를 한 대 쳐 주실래요? — 아뇨, 전 벽돌을 가진 그녀를 치겠어요."[28] 이 벌레스크의 희극 배우처럼, 저는 이상하게도 움직임을 만들어 내는 저런 정밀함이 좋습니다.

시인이 어떤 사람인가 하면, 그는 무슨 일이든 쉽게 해내는 사람입니다. 즉 '만들기'에 사로잡힌 사람입니다……

'만들기'에 사로잡힐 수밖에 없는 시인에게는 정말 귀한 혜택이 주어집니다. 시를 만들지 않는 사람들의 경우, 그들은 2 곱하기 2는 4가 된다는 식의 단순하고 명백한 사실에 만족합니다. 반면에 시인은 마음을 사로잡는 진실에 기뻐합니다. (그런 진실의 축약된 모습은 이 책의 표지에서 찾아보실 수 있습니다.)

1927년 — 어느 저자와 독자 사이의 가상 대화로, 저의 첫 번째 희곡 작품 책 표지에 인쇄되어 있습니다.

---

28  "아이를 가진(with a child)"이라는 말을 달리 해석할 경우 "아이로 여자를 한 대 쳐 주실래요?"라는 뜻으로 이해할 수 있으며, 마찬가지로 "벽돌을 가진(with a brick)"이라는 말을 조금 뒤틀어 해석할 경우 "벽돌로 그녀를 치겠어요."라는 의미로 풀이할 수도 있다. 이외에도 "아이를 데리고 있는 여자"라든지 "벽돌을 들고 있는 여자" 등 배경이나 문맥이나 상황에 따라 얼마든지 다양하게 해석할 수 있다. 이런 익살스러운 말장난의 예를 통해, 커밍스는 언어가 지닌 의미를 최대한 드러내는 것이 자신의 작문 기법임을 강조한다.

저자: 뭐가 궁금하시죠?

독자: 『그 남자』는 어떤 내용인가요?

저자: 왜 제게 묻나요? 전 아직 그 희곡을 만들지도 않았습니다만?

독자: 그래도 당신이 만들고 있으니, 당신이 확실히 알겠죠.

저자: 독자 양반께 죄송하지만, 저는 제가 아는 것을 확실히 만듭니다.

독자: 존경하는 작가 선생, 허튼소리를 늘어놓는 일이 인생의 전부는 아니라고 생각합니다만.

저자: 그럼, 당신 생각엔 삶은 두 가지 목소리를 지닌 동사겠군요. "행하다."라는 능동적 목소리와 "꿈꾸다."라는 수동적 목소리를 지닌 동사 말이죠. 어떤 이들은 행하는 일이 단지 일종의 꿈꾸는 일일 뿐이라 믿습니다. 또 다른 사람들은 (거울로 둘러싸인 거울 속에서) 무언가를 발견했는데, 그것은 침묵보다 더 단단하지만 낙하하는 일보다는 더 부드러운 어떤 것입니다. 그것은 바로 "삶"에 대한 세 번째 목소리로 삶 자체를 믿으며, 삶이 본래 그러하듯 무언가를 의미하지 않습니다.

독자: 브라보! 그런데 그런 사람들도 특별히 잘하는 것이 있지 않나요?

저자: 그들이 잘하는 건 치명적인 반사광이 강렬히 비칠 때에도 꼿꼿이 서서 걸어가는 것입니다.

독자: 작가 선생, 그럼 당신 희곡은 그런 사람들 중 한 명에 대해 쓴 것이겠군요?

저자: 아마도. 그런데 (비밀을 하나 알려 드리자면) 오히려 제 희곡이 그런 사람들 중 하나였으면 좋겠습니다.

1933년 ── 저의 구소련 경험을 담은 수기 『에이미』 중에서.

생각한다는 것은 온전히 느끼지 않는 것이다……

성장은 운명이다.

사람은 과감히 살아갈 수 있고, 사람은 죽음에 대해 누군가로부터 배우거나 아니면 독학으로 배울 수도 있다. 그러나 누구도 성장에 대해 배울 수는 없다. 누구나 과감히 성장할 수 있는 것은 아니다. 어떤 이유나 동기나 부조리가 다른 모든 부조리나 이유나 동기가 되는 것, 이런 것이 곧 성장이다. 여기엔 어떤 표시나 길이 존재하지 않고, 거리감이나 시간도 존재하지 않는다. (……) 술에 취한 채 우연히도, 시인 하트 크레인은 성장의 화상(畵像)을 만들 수 있었다. (그때 그는 사이클론에 대해 이야기 했다. 어떻게 마침내 모든 것이 가능해지면서 자신의 재능을 실제로 자각하게 되었는지 알려 주었고, 어떻게 그런 자각을 통해 자신이 갑작스레 그 사이클론이 되었는지도 말해 주었다. 그는 소멸한 것도 아니고 살아남은 것도 아닌, 거대한 존재였다.)

1934년 ──『거대한 방』 모던라이브러리 판본에 실린 서문 중에서.

책이 저절로 써질 즈음, 저는 어떤 것의 극히 작은 일부만을 관찰하고 있었습니다. 그것은 어느 항성보다도 더 멀리, 믿을 수 없을 만큼 멀리 떨어져 있었습니다. 또한 그것은 우주 최강의 거물보다 더 크고, 상상할 수도 없을 만큼 거대했습니다.

이름을 붙인다면?

'개인'입니다.


저는 러시아가 전쟁보다 더 위험하다고 느꼈습니다. 국가주의자들이 사람을 혐오할 때, 그들은 그냥 죽이거나 불구로 만듭니다. 국제주의자들이 사람을 혐오할 때, 그들은 분류하고 색안경을 낍니다.


『에이미』는 거듭하여 개인적인 것입니다. 그것은 더욱 복잡한 개인, 더욱 거대한 방입니다.


1938년 ─『시집』이라고 잘못 이름 붙인 책의 서문 중에서. 이 작품 이후에 『50개의 시편』, 『1 x 1』, 『카이레』라는 세 권의 시집이 나왔으므로, 세 번씩이나 잘못된 이름으로 불린 셈입니다.


탄생에 관한 문제를 살펴보자.[29] 탄생이란 대부분의 사람들에게 어떤 의미인가? 완전한 재앙이다. 사회 혁명이다. (……) 대부분의 사람들은 비파괴적인 무욕이라는 탄생 방지용 안전복을 상상한

---

29    커밍스는 이 서문에서 시를 수동적으로 읽지 말고, 마치 수수께끼를 풀어 가듯 적극적으로 다양한 의미를 찾으라고 권한다. 그는 이런 내용을 "탄생"과 "부활"이라는 은유를 통해 설명한다. 수동적인 독자인 "대부분의 사람들"은 단지 죽어 있거나 혹은 태어나기를 두려워하며 "태아" 상태에만 머무르려 한다. 이에 반해 "당신과 나"는 적극적인 독자로서 내면의 "성장"을 이루기 위해 마치 불사조처럼 몇 번이고 스스로 죽고 태어나기를 반복한다. 이런 의미에서 커밍스는 적극적인 독자들을 "불멸의 시민"이라 칭한다.

다. 대부분의 사람들은 자신들이 거듭 태어날 수 있다고 해도, 그것을 죽음이라 부르려 하진 않을 것이다.

당신과 나는 속물이 아니다. 우리는 아직 완전히 태어난 것이 아니다. 우리는 인간이고, 인간에게 탄생은 지극히 환영할 만한 신비, 곧 성장의 신비인 것이다. 이런 신비는 우리가 우리 자신에게 충실할 때마다 생겨나며, 오직 그럴 경우에만 생겨난다. (……) 불멸하는 우리들에게, 삶이란 지금이다……

그들이 조합한 최고의 (그러나 속이 훤히 들여다보이는) 존엄자는 바로 이름 모를 공동의 태아다. 그리고 그 태아가 보기에 유령일 성싶지 않은 누군가가 걸어가고 있다. (……) 그는 건전하게 복잡할 뿐더러, 자연스럽게 동질적이기도 한, 불멸의 시민이다. (……) 그는 꽤 특별하다. 그는 민주주의다. 그는 살아 있다. 그는 우리 자신인 것이다.

……믿는 것이나 의심받는 것은 아무것도 없다……

더 아름다운 물음을 던지는 사람이 언제나 아름다운 해답이 된다.

여기서 저의 자기중심적인 자아를 잠시 접어 두고, 여러분께 신약 성서 중 측은하면서도 가혹하게 느껴지는 구절 하나를 읽어 드리겠습니다. 우리가 다음에 살펴볼 작품은 (에즈라 파운드에 관한 두 편의 에세이 중 하나인데) 바로 이 성경 구절을 바탕으로 합니다. 여러분 대부분이 틀림없이 잘 알고 계실 너무나도 유명한 구절로, 제가 '감정'이라는 말 외에는 달리 표현할 길 없는 무언가를 — 일명 '인식', '생각', '사유'라고 하는 비감정적인 것들과 대조되는 무언가를 — 잘 드러내고 있습니다. 인간의 지각을 다루는 이 명작 시는 일곱 번째 절 하나만으로도 온갖 관습적인 도덕률을 폐기해 버립니다.

예수께서는 올리브 산으로 가셨다.

다음 날 이른 아침에 예수께서 또다시 성전에 나타나셨다. 그러자 많은 사람들이 몰려들었기 때문에 예수께서는 그들 앞에 앉아 가르치기 시작하셨다.

그때에 율법학자들과 바리새파 사람들이 간음하다 잡힌 여자 한 사람을 데려와서 앞에 내세우고,

"선생님, 이 여자가 간음하다가 현장에서 잡혔습니다. 우리의 '모세 법'에는, 이런 죄를 범한 여자는 돌로 쳐 죽이라고 하였는데 선생님의 생각은 어떻습니까?" 하고 물었다.

그들은 예수께 올가미를 씌워 고발할 구실을 찾으려고 이런 말을 하였던 것이다. 그러나 예수께서는 그들의 말을 듣지 못하신 듯 몸을 굽혀 손가락으로 땅바닥에 무엇인가를 쓰고 계셨다.

그들이 하도 대답을 재촉하므로 예수께서는 고개를 드시고 "너희 중에 누구든지 죄 없는 사람이 먼저 저 여자를 돌로 쳐라." 하시고 다시 몸을 굽혀 계속해서 땅바닥에 무엇인가를 쓰셨다.

그들은 이 말씀을 듣자 나이 많은 사람부터 하나하나 가 버리고 마침내 예수 앞에는 그 한가운데 서 있던 여자만이 남았다.

예수께서 고개를 드시고 그 여자에게 "그들은 다 어디 있느냐? 너의 죄를 묻던 사람은 아무도 없느냐?" 하고 물으셨다.

"아무도 없습니다, 주님." 그 여자가 이렇게 대답하자 예수께서는 "나도 네 죄를 묻지 않겠다. 어서 돌아가라. 그리고 이제부터 다시는 죄짓지 마라." 하고 말씀하셨다.

이어지는 글은 프랜시스 스텔로프 선생(Frances Steloff, 1887-1989)의 요청으로 쓴 「서기 1940」이라는 에세이인데, 『우리 현대인들』이라는 제목으로 고담북마트에서 출판되었습니다.

요한복음 8장 7절.
그럼 이제 다른 얘기를 해 보자. 이곳은 의무 교육이 있기에 자유로운 나라다. 이곳은 먹을 필요가 없기에 자유로운 나라다. 다른 나라들이 자유롭지 않았고, 자유롭지 않으며, 심지어 자유롭지 않을 것이기에 이곳은 자유로운 나라인 것이다. 이제 당신은 알고 있으며, 아는 것은 힘이다.

말하자면, 단순한 사람들이 복잡한 것을 좋아한다는 점은 흥미로운 사실이다. 그러나 정말 놀라운 우연은 평범한 사람들이 일류를 좋아한다는 것이다. 복잡한 것이 단순하기 때문에 그러하다, 라는 말로는 설명되지 않는다. 그것은 분명, 평범한 사람들이 일류이기 때문이리라.

그렇다면 이제 각자 서로를 속이며 지옥에나 가 버리자.
요한복음 8장 7절.

1944년 — 뉴욕 시의 아메리칸브리티시아트센터에서 저의 그림 전시회가 열렸는데, 그 전시회 카탈로그의 서문으로 쓴 에세이입니다. 그런데 주제는 회화 예술이 아니라 예술 자체에 관한 것입니다. 이 에세이에서 "좋은", "나쁜", "전쟁", "평화", 이 네 개의 단어엔 매번 따옴표가 붙은 채 나옵니다.

단순한 사람들, 즉 존재하지 않는 사람들이 좋아하는 것은 존재하지 않는 것들, 즉 단순한 것들이다.

"좋은"과 "나쁜" 같은 말들은 단순하다. 당신은 나를 폭격한다="나쁜" 것. 나는 당신을 폭격한다="좋은" 것. 단순한 사람들 (우연히도 소위 이 세계를 운영하는 그들은) 이것에 대해 안다.(그들은 모든 것을 안다.) 반면에 복잡한 사람들은 — 무언가를 느끼는 사람들은 — 아주아주 무지하며 정말 아무것도 아는 것이 없다.

단순하고 아는 척하는 사람들한테 무지만큼 더 위험한 것은 없다. 왜 그럴까?

왜냐하면 무언가를 느낀다는 것은 살아 있는 것이기 때문이다.

"전쟁"과 "평화"는 위험하거나 살아 있지 않다. 절대 그렇지 않다.

"평화"는 학문의 무능함이다. "전쟁"은 무능함의 학문이다. 그리고 학문은 아는 것이고, 아는 것은 헤아린다는 것이다.

무지한 사람들은 정말 교육을 받아야 한다. 말하자면, 그들은 무언가를 느끼는 일을 멈추어야만 하고, 억지로라도 모든 것을 알고 헤아릴 수 있어야 한다. 그 이후에 (그제야 비로소) 그들은 단순한 사람들이 문명이라 부르는 것을 위협하지 않을 것이다.

다행히 당신과 나의 경우, 문명화되지 않은 태양은 신비하게도 "좋은" 것과 "나쁜" 것을 똑같이 비춘다. 그는 예술가다.

예술가는 신비다.

신비는 헤아릴 수 없는 것이다.

아이와 여자와 남자가 모두 헤아릴 수 없다는 점에서, 예술은 아이와 여자와 남자 모두에 관한 신비다. 사람이 예술가라는 점에서, 하늘과 산과 태양과 벼락과 나비는 헤아릴 수 없다. 그리고 예술은 자연에 관한 온갖 신비로움이다. 헤아릴 수 있는 것은 그 어느 것도 살아 있을 수 없다. 살아 있지 않은 것은 그 어느 것도 예술일 수 없다. 예술일 수 없는 것은 그 어느 것도 진실하지 않다. 그리하여 진실하지 않은 것은 모두 별 볼 일 없다……

품목: 내가 종합적으로 바라는 것은 여기 전시된 그림들이 "좋은" 것도 "나쁜" 것도 아니며, "평화"로운 것도 "전쟁" 같은 것도 아니라는 점이다. 그러므로 (관점을 바꾸면) 그 그림들은 살아 있다.


1945년 — (단명했던 《PM》이라는 신문의 한 호를 매진시켜 버린) 찰스 노먼의 "심포지엄"에 기고했던 글로서, 자칭 세계에서 가장 위대하고, 제일 관대한 어느 문학가에 대한 내용입니다.[30] 그는 이 나라의 수도에 도착했을 때 반쯤 군복 차림이

---

30   여기서 "어느 문학가"는 에즈라 파운드(Ezra Pound, 1885~1972)를 지칭한다. 파운드는 미국의 저명한 시인이자 문예 비평가로 20세기 초 서구 모더니즘 운동을 이끈 중심인물이다. 2차 세계대전 중에는 이탈리아에서 파시스트 정부를 지지하는 라디오 방송을 하는 등 반미 선전 활동에 참여하였다. 이후 반역

었습니다. 그리고 언론의 자유를 위해 유일하게 싸우는 체하는 바로 이 나라에 의해 반역죄로 교수형을 선고받은 상태였습니다.

에즈라 파운드에 관하여 — 시는 예술이 된다. 그리고 예술가는 사람이 된다.

예술가는 어떤 지리적인 관념 속에 살지 않는다. 그 관념은 인간들의 통념에 의해 이 아름다운 대지의 일부에 덧입혀 있을 뿐 아니라, 살인이 개인적 악행이기에 대량 학살은 사회적 덕목이라고 제안한다. 또한 예술가는 이른바 세계 속에 살지 않고, 소위 우주 속에 사는 것도 아니며, 여러 개의 "세계들"이나 "우주들" 속에 사는 것도 아니다. 따옴표 친 "인류"의 "과거"와 "현재"와 "미래"라고 하는 몇몇 시시한 망상들의 경우, 그런 것들은 초기계화된 수십억 명의 얼간이들에게는 대단할지 모르겠으나 어느 한 사람에게는 너무나도 하찮다.

모든 예술가에게 전적으로 광대한 나라는 곧 자기 자신이다.

그 나라를 배반한 예술가는 자살해 버렸다. 그러므로 아무리 법률에 밝은 사람이라 할지라도 죽은 자를 살해할 수는 없는 것

죄 혐의로 체포당해 교수형 선고를 받고 1958년까지 정신 병원에 연금되었으나, 커밍스를 비롯한 동료 문인들의 지속적인 탄원으로 풀려났다. 찰스 노먼(Charles Norman, 1904~1996)은 당시 진보 경향의 신문이었던 《PM》의 기자로 활동하며 파운드의 구명을 촉구하는 글들을 모아 출판하였다. 또한 노먼은 파운드와 커밍스의 전기 작가이기도 하다.

이다. 그러나 자기 자신에게 진실한 사람은 ─ 그 누구라 할지라도 ─ 죽지 않는다. 그러므로 시공간 속에서 예술가를 반대하는 자들이 내던지는 모든 핵폭탄은 결코 불멸성을 교화하지 못하리라.

마찬가지로 1945년 ─『전쟁 시인들』이라는 오스카 윌리엄스(Oscar Williams, 1900-1964)가 편집한 작품집에 기고한 에세이 중에서.

당신이 예술과 프로파간다를 혼동한다면, 그것은 신이 행하는 것들을 온수 꼭지를 틀고 잠그듯 조절할 수 있다고 착각하는 것과 같다. 만약 "신"이 당신에게 무의미하다면(혹은 무의미 그 이하라면), 나는 그 단어를 당신이 선호하는 말로 대체할 수 있는데, 바로 "자유"다. 당신은 자유를 ─ 유일한 자유를 ─ 독재와 혼동한다……

소위 이 세계라는 곳의 도처에서, 노예근성에 찌든 오만하고 냉혹한 인간들 수억 명이 프로파간다에 의해 부지런히 교화되고 있다. 그래서 어떻다는 것인가? 이른바 세계라는 곳에는 꼿꼿이 서 있는 사람들이 여전히 상당수 있다. 나는 그 사람들에게 자랑스럽게 그리고 겸허하게 말한다.

"시민 여러분, 정직한 사람들 중 많은 이들이 거짓말을 믿습니다. 비록 여러분이 대낮처럼 정직할지라도, 그 거짓말쟁이를 두려워하고 미워하십시오. 그를 두려워하고 미워할 일이 있을 때마다 두려워하고 미워하십시오. 바로 지금 그렇게 하십시오. 그를 두려워하고 미워할 일이 있을 때마다 두려워하고 미워하십시오. 당신 마음속에서 그렇게 하십시오."

"당신 마음속에서 예술가를 두려워하거나 미워하지 마십시오,

시민 여러분. 그를 예우하고 사랑하십시오. 진정으로 그를 사랑하되 소유하려 들지는 마십시오. 당신이 미래를 신뢰하는 것처럼 당당히 그를 신뢰하십시오."

"당신 마음속에서 오직 예술가만이 밤보다 더 진실합니다."


1951년 —《하버드 웨이크》라는 잡지에 게재된, 「비망록」이라는 제목의 에세이 중에서.


평등은 동등한 것들 사이에 존재하지 않는다.

사람들은 대부분 침묵을 더없이 무서워한다.

위대한 자들은 다리에 이르기 전에 다리를 불태운다.

돼지우리는 칼보다 강하다.

미국인들은 자기 자신이길 멈출 때 서로 행동하기 시작한다.

가짜는 비슷하다. 틀니.

누군가 자신만의 생각을 갖게 되자 사유 재산이 생기기 시작했다.

시인은 펭귄이다. — 그의 날개는 수영할 때 쓰일 것이다.

철강재 건축물에 사는 사람들은 번개를 끌어내릴 것이다.

탐욕스러운 마음과 뇌물을 이용하여 노동자를 가입시켜라.
　　그리하면 노동자는 유니온 슈트를 입고서, 인류를 (코뚜레를
　　꿰어 끌 듯) 마음대로 이끌 것이다.

쇠사슬은 잃어버린 고리보다 약하지 않다.

증오는 되돌아온다.

잠은 용기의 어머니다.

총명한 사람은 실패한 것들을 위해 싸우며, 다른 것들은 그저
　　결과물에 지나지 않음을 깨닫는다.

생각하기 전에 두 번 생각하라.

죽었지만 묻히지 않은 상상력을 고상하게 표현하는 말은
　지식이다.


　이것으로 네 번째 수업이 끝났습니다. 아니, 정확히 말씀
드리면 제가 받은 네 번째 수업이 끝났습니다. 왜냐하면 저는
(여러분들 덕분에) 제 자신이 누구인지 배우고 있으니까요. 다
행히 이제 시 낭독을 할 차례인데, 이것으로 우리의 자기중심
적인 회합을 마무리하겠습니다. 제가 읽을 것은 작자 미상의
훌륭한 비극과 희극 한 편씩인데, 두 작품 모두 프랜시스 제임
스 차일드의 기적 같은 사랑이 이뤄 낸 노작(勞作)인 『영국과
스코틀랜드의 발라드』에서 발췌하였습니다. 비인간적인 냉
혹함에 대해서, 한 작품은 측은하게 그리고 다른 한 작품은 가
혹하게 경고하고 있습니다.

"왜 너의 칼에서 피가 그리 뚝뚝 떨어지느냐,
　　　　에드워드야, 에드워드야?
왜 너의 칼에서 피가 그리 뚝뚝 떨어지느냐,
　　　그리고 왜 그리 슬퍼 보이는 게냐? 오."
"오, 제가 그리도 착하던 저의 매를 죽였습니다,
　　　　어머니, 어머니.
오, 제가 그리도 착하던 저의 매를 죽였습니다,
　　　그리고 제겐 그 녀석 하나밖에 없었답니다, 오."


"너의 매는 피가 그리 붉지 않았다,
　　　　에드워드야, 에드워드야.
너의 매는 피가 그리 붉지 않았다,
　　　나의 아들아, 정말이란다, 오."
"오, 제가 저의 적갈색 말을 죽였습니다,
　　　　어머니, 어머니.
오, 제가 저의 적갈색 말을 죽였습니다,
　　　한때 그리도 아름답고 자유롭게 뛰놀던 그 말을, 오."


"네 말은 늙었고, 우리에겐 다른 말들이 있지 않느냐,
　　　　에드워드야, 에드워드야.
네 말은 늙었고, 우리에겐 다른 말들이 있지 않느냐,
　　　무언가 다른 악행을 너는 걱정하고 있구나, 오."
"오, 제가 아버지를 죽였습니다,
　　　　어머니, 어머니.
오, 제가 아버지를 죽였습니다,
　　　아아, 슬프도다, 오!"

"그러면 속죄를 위해 어떤 벌을 받겠느냐,
　　　　에드워드야, 에드워드야?
그러면 속죄를 위해 어떤 벌을 받겠느냐,
　　　　나의 아들아, 지금 내게 말해다오, 오."
"저기에 있는 저 배에 오르겠습니다,
　　　　어머니, 어머니.
저기에 있는 저 배에 오르겠습니다,
　　　　그리고 바다를 향해 떠나겠습니다, 오."


"그러면 네가 가진 탑들과 방들은 어떻게 하겠느냐,
　　　　에드워드야, 에드워드야?
그러면 네가 가진 탑들과 방들은 어떻게 하겠느냐,
　　　　보기 좋았던 그것들을 어떻게? 오."
"무너져 내릴 때까지 내버려 두겠습니다,
　　　　어머니, 어머니.
무너져 내릴 때까지 내버려 두겠습니다,
　　　　다시는 여기로 올 수 없을 테니까요, 오."


"그러면 네 아이들과 처에게는 무엇을 남기겠느냐,
　　　　에드워드야, 에드워드야?
그러면 네 아이들과 처에게는 무엇을 남기겠느냐,
　　　　네가 바다를 향해 떠날 때 말이다, 오."
"세상은 넓습니다, 평생 구걸을 시키겠습니다,
　　　　어머니, 어머니.
세상은 넓습니다, 평생 구걸을 시키겠습니다,
　　　　다시는 그들을 볼 수 없을 테니까요, 오."

"그러면 네 어미인 나에겐 무엇을 남기겠느냐,
에드워드야, 에드워드야?
그러면 네 어미인 나에겐 무엇을 남기겠느냐?
나의 아들아, 지금 내게 말해다오, 오."
"저의 지옥 같은 저주를 견디셔야 할 겁니다,
어머니, 어머니.
저의 지옥 같은 저주를 견디셔야 할 겁니다,
당신께서 제게 그런 충고를 하시다니, 오."

여러분께 아주 오래된 이야기를 하나 해 드릴까 하는데
존 왕이라 불린 어느 유명한 군주에 관한 것입니다.
그는 전력을 다해 잉글랜드를 통치하였으나
큰 부정을 저질렀고 올바로 처리하는 일이란 거의 없었습니다.

그리고 여러분께 아주 재밌는 이야기를 해 드리지요,
캔터베리 대수도원장에 관한 이야기입니다.
어떻게 그가 호화로운 살림과 높은 명성 때문에
런던으로 급히 올라가 해명해야 했는지에 대한 것입니다.

왕이 전해 듣기로, 대수도원장은 백 명의 측근들을,
날마다 자신의 집에서 대접했다고 합니다.
그리고 금줄을 매단 믿음직한 오십 명의 측근들이,
벨벳 코트를 입은 채 대수도원장을 호위했다고 합니다.

"대수도원장, 짐이 듣기로 그대가 나보다
훨씬 더 좋은 집을 갖고 있다는데 어찌된 일이오?
그리고 그대의 호화로운 살림과 높은 명성이,
대역죄에 해당하는 게 아닌지 우려가 되오."

"전하," 대수도원장은 말했습니다. "저는
저의 재산이 아닌 것은 결코 손대지 않았습니다.
그리고 저의 재산을 충실한 측근들만을 위해 썼으므로,
전하께서는 크게 염려하지 않으셔도 되리라 믿습니다."

"아니오, 아니오, 대수도원장, 그대 잘못은 크다오,

그러니 이제 그대는 반드시 죽음을 맞이하게 될 게요.
만약 그대가 짐의 세 가지 물음에 답하지 못한다면,
그대 머리는 몸에서 잘려 나가게 될 테니 말이오."


"그럼 첫째로," 왕은 말했습니다. "짐은 여기서,
머리에 금관을 보기 좋게 쓰고서,
귀족 출신의 신하들 사이에 앉아 있소만,
그대는 짐의 가치가 얼마쯤인지 금액으로 말해 보시오.


둘째, 짐에게 확실히 말해 보시오,
짐이 말을 타고 세계 일주를 하면 얼마나 걸릴 것 같소?
그리고 세 번째 물음에 와서 뒷걸음치면 안 되는데,
여기서 확실히 말해 보시오, 짐은 무슨 생각을 하고 있소?"


"오, 저의 얕은 지혜로는 답할 수 없는 심오한 질문들이기에,
전하께 아직은 답을 드릴 수가 없나이다.
그러나 전하께서 제게 삼 주일의 시간을 주신다면,
최선을 다해 답변을 생각해 오겠습니다."


"그럼, 그대에게 삼 주일의 시간을 주겠소,
이것은 그대 목숨이 붙어 있는 가장 긴 시간이 될 것이오.
내가 준 세 가지 물음에 답을 내놓지 않는다면,
그대는 목숨을 잃고, 그대의 땅 또한 몰수당해 짐의 것이 되리라."


이 말을 듣고 대수도원장은 돌아가는 길에 비탄에 잠겼습니다,
그리고 그는 케임브리지와 옥스퍼드를 향해 말을 달렸습니다.

그러나 그곳에서 왕의 물음에 어떻게 답해야 할지
알려 줄 수 있는 현명한 학자는 하나도 없었습니다.

그리하여 대수도원장은 고별인사를 하러 집으로 향했습니다.
그리고 그는 양을 몰러 나가는 양치기를 만났습니다.
"이게 누구십니까, 대수도원장님, 잘 다녀오셨습니까,
존 왕으로부터 저희들에게 전해 줄 소식이라도 있는지요?"

"양치기여, 굉장히 슬프고 슬픈 소식을 전해야겠네,
그것은 내가 살 수 있는 날이 단 사흘뿐이라는 걸세.
내가 왕의 세 가지 물음에 답하지 못한다면,
내 머리는 몸에서 잘려 나가게 될 테니까."

"첫째는 이런 물음에 답하는 거라네.
머리에 금관을 보기 좋게 쓰고서,
귀족 출신의 신하들 사이에 앉아 있는 왕이,
얼마쯤의 가치가 있는지 금액으로 말해야 한다네."

"둘째, 전하께 확실히 말해야 한다네,
말을 타고 세계 일주를 하면 얼마나 걸릴지를.
그리고 세 번째 물음에서 뒷걸음치면 안 되는데,
전하가 무슨 생각을 하고 계신지 정확히 답하는 거라네."

"이제, 힘내십시오, 대수도원장님, 바보가 현명한 자에게 지혜를
가르쳐 줄 수도 있다는 얘기를 아직 들어 보지 못하셨는지요?
제게 말과 하인들과 외투를 빌려주십시오,

그러면 제가 런던으로 올라가 물음에 답하겠습니다."

"송구한 말씀이지만, 저는 대수도원장님의 모습과
정말 똑같이 닮았다는 말을 자주 들었습니다.
제게 대수도원장님의 가운만 빌려주신다면,
런던에서 우리를 알아볼 사람은 아무도 없을 것입니다."

"그럼, 자네에게 말과 하인들을 주겠네,
웅장하고 화려해 보이는 값비싼 의상도 함께 가져가시게,
주교의 지팡이와 모자와 흰 아마포 옷과 예복을 갖춘다면,
마치 우리의 성부인 교황같이 보일 걸세."

"자, 어서 오시오, 대수도원장." 하고 왕이 말했습니다.
"이렇게 기일을 지켜 다시 돌아오다니 잘된 일이오.
하지만 짐의 세 가지 물음에 답하지 못한다면,
그대는 목숨과 재산을 잃게 될 것이오."

"그럼 첫째, 짐은 여기 이 자리에
머리에 금관을 보기 좋게 쓰고서,
귀족 출신의 신하들 사이에 앉아 있소만,
짐의 가치가 얼마인지 금액으로 말해 보시오."

"우리의 구세주께서는 그 불충한 유대인들 사이에
삼십 냥에 팔려 가셨다고 들었습니다.
제 생각에 전하께서는 주님보다 한 냥 정도는 못 미치므로,
전하의 가치는 스물아홉 냥이라 하겠습니다."

왕인 그는 웃었고, 성자 요한에게 맹세하며 말하길,

"짐의 가치가 그리 작을지 생각지도 못했구려!
자 그럼, 두 번째 물음에 확실한 답을 해 주시오.
짐이 말을 타고 세계 일주를 하면 얼마나 걸릴 것 같소?"

"전하께서는 해가 뜨면 일어나셔서, 그다음 날
해가 다시 떠오를 때까지 말을 타셔야만 합니다.
그럴 경우, 전하께서는 의심할 바 없이
스물네 시간 동안 말을 타고 돌아다니신 셈입니다."

왕인 그는 웃었고, 성자 요한에게 맹세하며 말하길,

"짐이 세계 일주를 그리 빨리 할 수 있을지 생각지도 못했구려!
자 그럼, 세 번째 물음에 확실한 답을 해 주시오.
짐은 지금 무슨 생각을 하고 있소?"

"예, 답을 드리고 전하를 기쁘게 해 드리겠나이다.
전하께서는 제가 캔터베리 대수도원장이라 생각하고 계십니다.
그러나 보시다시피 저는 가난한 양치기일 뿐이며,
소인은 전하께 대수도원장과 저의 사면을 청하러 왔나이다."

왕인 그는 웃었고, 하늘에 맹세하며 말하길,
"오늘부로 그대를 캔터베리 대수도원장 자리에 앉히리라!"
"아닙니다, 전하, 그렇게 서두르지 말아 주십시오.
아아, 저는 글을 읽지도 쓰지도 못하옵니다."

"그렇다면 짐에게 보여 준 이 즐거운 익살에 대한 보답으로,

그대에게 매주 은화 네 닢을 주겠노라.

그리고 집에 도착하면 그 늙은 대수도원장에게 전하라,

존 왕이 조건 없는 사면을 베풀었노라고."

# 다섯 번째 강의 아닌 강의:
## 나 & 현재 & 그 남자

지금부터 두 주일 뒤에(즉, 저의 여섯 번째이자 마지막 강의 아닌 강의에서), 저는 '공산주의와 자본주의' 같은 이른바 세상의 상보적 측면들에 대한 아주 재밌는 실험을 해 볼까 합니다. 그리고 저는 그 실험을 한 개인의 지극히 사적인 가치관을 통해 수행할 생각입니다. 그러므로 오늘 저녁엔 지금까지 우리가 접했던 관념들은 모두 접어 두고, 그 대신 사적인 가치관을 만들어 낼 수 있다면 너무나 기쁠 것 같습니다. 한낱 관념들도 — 아무리 다양하다 해도 — 존재와 성장에 영향을 미치므로, 오늘 밤엔 여러분과 제가 성장과 존재가 무엇인지 실제로 느껴 봤으면 좋겠습니다. 이런 경이로운 경험을 위해, 저는 이십오 년 전에 쓴 희곡 작품 중 짧지만 의미심장한 한 구절과 거기에 더해 최근에 나온 시집 세 권에서 작품 몇 편을 선별하여 살펴보겠습니다. 덧붙여 말씀드리면, 아마 여러분 중 많은 분들이 제가 나중에 읽어 드릴 열 편의 소네트를 잘 모르고 계실 것입니다. 그리고 여러분 대부분이 이런 희곡 작품을 읽거나 본 적이 없으리라 확신하는데, 작품에 등장하는 주인공 아닌 주인공은 "그 남자"라 불리는 연인이며, 사랑스러운 여주인공은 "나"로 불립니다. 이 작품의 주역은 (여러 장면에서) 아홉 개의 다른 배역을 맡습니다. 코러스는 "기묘한 자매들"이라는 삼인조가 맡습니다. 그리고 작품을 구성하는 스물한 개의 장면들은 시간과 영원 사이의 경계, 즉 헤아릴 수 있는 어느 한순간과 끝없는 현재 사이의 경계를 맴돕니다. 또한 덧붙여 말씀드리면, 이제 막 읽어 드릴 구절과 관련하여 제가 그림한 장을 그렸었는데, 그것은 『그 남자』라는 희곡의, 얼마 남지 않은 귀중한 초판본을 장식하고 있습니다.[31]

그 남자 서커스 외에 다른 것들은 전혀 관심 없어! (자신을 향해) 그래서 난 여기 있으면서 사차원적인 생각들을 이차원적 무대에 침착하게 압착해 넣고 있는 거야. 이때 난 서커스 천막의 제일 꼭대기에 서 있으며, 그 누구든 그 무엇이든 될 수 있어…… (잠시 멈춰 선다.)

나 당신이 이중생활을 하는 줄은 상상도 못 했네. 그것도 바로 내 눈앞에서 말이야!

그 남자 (못 들은 척, 아랑곳하지 않고 말하며) 보통 "화가", "조각가", "시인", "작곡가", "극작가"라는 사람들은 말이야, 달리는 말 위에서 굴렁쇠 넘기도 못 하지. 광대의 입담으로 사람들을 웃게 하지도 못하고, 스무 마리 사자들을 부릴 줄도 몰라.

나 그렇겠지.

31  커밍스가 언급한 그림은 이곳에서 찾아볼 수 있다. http://faculty.gvsu.edu/webstern/cummings/illus_Him.jpg

그 남자 (그녀에게) 그런데 한번 상상해 봐. 어떤 사람이 의자 세 개를 가지고 하나 위에 다른 하나를 균형 잡으며 쌓고 있어. 그것도 아래에 안전그물도 없이, 팔 피트 허공에 걸린 줄 위에 서서 말이야. 그런 다음, 그 사람은 제일 꼭대기 의자로 기어 올라가 그 자리에 앉는 거야. 그러고는 흔들거리며 움직이기 시작하지……

나 (몸서리치며) 다행히 난 그런 걸 본 적이 없어. 생각만 해도 현기증이 날 것 같아.

그 남자 (조용하게) 나도 그런 걸 본 적이 없어.

나 왜냐면 누구도 그렇게 할 순 없을 테니까.

그 남자 왜냐면 내가 바로 그 사람이니까. 달리 말해, 그건 전부 내가 경험한 것들이지.

나 무슨 말이야?

그 남자 (서성거리며) 이런 거야. 내가 느끼는 건 오직 한 가지, 즉 난 한 가지 신념만을 가지고 있는데, 그 신념은 천상에 있는 세 개의 의자 위에 앉아 있어. 가끔씩 그걸 보면 섬뜩해지기도 하는데, 그건 정말 이상적인 곡예였거든! 세 의자는 곧 세 가지 사실을 말해. 그 신념은 밑에 놓인 의자들을 재빨리 차 버린 다음, 공중에 멈춰 서 있게 될 거야. 그리고 바로 그 순간, 모두들 (곧 실망하게 되리라 생각하며) 박수를 보내 주겠지. 한편 그 신념은 모두의 머리 위로, 즉 십억 개의 공허한 얼굴들 위로 수천여 마일이나 떨어진 곳에 서 있어. 그리고 거기에 있는 세 개의 의자 위에, 아니 세 가지 사실 위에 앉아서 조심스럽게 미소를 지으며 흔들거리고 있어. 말하자면, "나는 예술가다, 나는 남자다, 나는 낙오자다."라는 이 세 가지 사실 위에서 흔들거리고 있는 거야. 그 신념은 흔들거리거나 빙그르 돌면서 웃음 짓고 있지만, 오직 자기 자신에게만 집중하기에 무너지거나 떨어지거나 혹은 죽거나 하진 않아. (열정적으로) 난 느껴. 난 알아. 매 순간, 난 이 묘기를 지켜보고 있어. 내가 바로 이 묘기인 거야. 모든 사람들 위에서 난 흔들거리고 있어. 내 마음대로, 웃는 얼굴을 하고서, 그리고 조심스럽게 말이야. (자신을 향해) 그리고 난 짧은 관용구 하나를 되뇌고 있어…… 시시하고 특색 없는 미시적인 관용구 하나를 늘 중얼거리고 또 중얼거리는 거야. 난 심호흡을 한 번 하고 휙 하고 돌아 움직여, 그러고는 이렇게 속삭이지. "예술가이자 남자이자 낙오자인 나는 전진해야 한다."

나  (잠시 머뭇거리다 소심하게) 사물인지 사람인지 모르겠지만, 아무튼 그건 당신이고 다른 누구한테도 관심을 두지 않아. 그게 공중에 멈춰 서 있을 거라는 얘기지?

그 남자  공중에 서 있을 거야. 관객들의 얼굴과 삶과 환호 위로. 그것도 수월하게, 혼자서.

나  그 의자들은 어떻게 되는 거지?

그 남자  그 의자들은 전부 줄에서 홀로 떨어질 거야. 그러면 누군가가, 아무개가 붙잡을 것이고. 내가 보지 못하고 나를 보지 못한 어떤 사람일 테지만, 아마도 모두가 해당될 거야.

나  어쩌면 당신이 — 저 멀리 굉장히 높은 곳에 있더라도 — 내 박수 소리를 들을까?

그 남자  (그녀를 똑바로 쳐다보고, 진지한 웃음을 지으며) 당신 눈을 바라볼 거야. 당신 심장이 뛰는 소리를 들을 테야.

나  난 실망하지는 않을 테니까, 다른 사람들처럼.

제가 보기에, 이 대화 조각은 한 뭉치의 관념들을 생생하게 잘 표현하고 있습니다. 그리고 저는 그 관념 뭉치 속에 세 가지 신비가 포함되어 있다는 것을 금세 알아챕니다. 바로 사랑과 예술과 자기 초월 혹은 성장이라는 신비입니다. 우리의 주인공 아닌 주인공은 자신을 예술가라고 칭하고 있으므로, 그의 말을 그대로 받아들이면서 예술에 주안점을 두어 봅시다. 여기서 우리의 예술가는 (자신이 예술가 지망생이라는 사실을 괴로워하면서도 영광스럽게 여기는데) 그런 고뇌에 찬 자신의 모습을 서커스 곡예사로 그리고 있습니다. 그 곡예사는 대단히 기이한 묘기를 펼치며 수많은 관중들을 매료시킵니다. 그의 묘기는 실제로 일어난 일인지 아닌지 모를 만큼 (확실히) 불가사의하기에 관중들은 무척 혼란스러워합니다. 그러나 바로 이런 혼란을 통해서 그는 사실이냐 허구냐, 라는 양자택일의 문제를 넘어선 그 무언가를 우리에게 말하고 있습니다. 그가 말하는 것은 순전히 있는 그대로의 개인적 진실입니다. 다시 말해, 그의 감정이 어떠한가에 대한 것입니다. 그렇다면 그는 어떤 감정을 느끼고 있을까요? 그는 천지개벽한 이래 전적으로 완전히 고립된 사람이며 "천상에 있는 세 개의 의자 위에 앉아" 있는 고독한 한 개인입니다. 그와 다른 이들 사이에는 언제나 치명적인 깊은 틈이 있는데, 그 틈은 곧 그의 개인성을 상징하며, 그 틈이 없다면 그는 아마 살아가지 못할 것입니다. 단지 시간으로 잴 수 있는 것들은 전혀 신비하지 않으며, 그런 것들은 이 무한한 고독과 관련하여 아무런 의미도 없습니다. 그런데 (아마도 신비로움의 본질은 여기에 있을 텐데요.) 이 고립의 화신 또한 사랑을 하는 사람입니다. 자기 아래에 있는 수많은 관객들 가운데 특별히 한 사람과 깊은 일체감을 느끼고 있습니다. 그리하여 만약 자기 초월이 실제로 일어난다면, 그리고 때가 되어 죽은 누군가가 영원 속에서 다시 태어난다면, 그는 애인의 가슴이 다시 기쁘게 뛰는 것을 느낄 것입니다. 한편으로 그는 완전한 광신자로서 삶과 죽음 너머에 있는 가치들에 몰두하지만, 또 다른 한편에서 그는 충실히 삶을 살아가는 더할 나위 없이 인간적인 존재입니다.

"시시하고 특색 없는 미시적인 관용구"라는 말에 꼭 주목해야겠습니다. 그것은 우리의 주인공 아닌 주인공이 (산고를 겪을 때) "중얼거리고 또 중얼거리는" 말인데 ─ 바로 "예술가이자 남자이자 낙오자인 나는 전진해야 한다."입니다. "전진해야 한다."라는 말은 성공하겠다는 뜻이 아닙니다. 어느 세계에서든 그렇겠지만, 저런 사람은 본질적으로 성공과는 거리가 멉니다. 만약 성공한다면 더할 나위 없이 좋겠지만, 그래도 그가 서커스 텐트의 꼭대기로 올라가는 이유는 결단코 "십억 개의 공허한 얼굴들" 때문이 아닌 것입니다. 심지어 성공을 이루었다 해도 그것은 발전을 촉진해 줄 수 없을뿐더러, 생각지 못한 자기 발견에 이르도록 자극해 주지도 않습니다. 그의 말을 빌리자면 "그 의자들은 전부 줄에서 홀로 떨어질" 것이며, 그것들을 누가 잡고 누가 잡지 않는가 하는 문제는 그가 하려는 불후의 작업과는 아무런 관련이 없습니다. 그런데 이런 개인과 늘 연관된 것이 하나 있습니다. 그것은 바로 자기 자신에 대한 충실함입니다. 누구나 사유하고 생각하고 인식할 수 있는 사실들, 이른바 측정 가능한 사실들을 다루는 (심오하지만) 단순한 체계가 있습니다. 그러나 그런 체계로는 결코 그가 느낄 수 있는, 그만이 홀로 느낄 수 있는, 복잡한 진실을 제대로 다룰 수가 없습니다. 혹은 다른 체계가 대중화되고, 그리하여 이전에 알던 사실들이 사유하거나 생각하거나 인식할 수 없는 허구가 되어 버린 경우에도 마찬가지입니다.

　　분명히 해 두어야겠습니다. "그 남자"는 그 자신이며 다른 누구도 아닙니다. 심지어 "나"도 아닙니다. 그런데 "그 남자"가 "예술가"라는 저 가공의 존재를 예증한다고 가정해 봅시다. 이럴 경우에 우리는 예술만이 유일한 자기 초월이라고 생각하겠지만, 이는 크게 빗나간 생각입니다. 예술은 신비입니다. 그리고 신비로운 모든 것들의 원천은, 바로 신비 중의 신비인 사랑입니다. 만약 연인들이 사랑을 통해 곧장 영원에 이를 수 있다면, 그들이 지닌 신비는 작품을 통해 자신의 길을 찾아야 하는 그 예술가 연인이 지닌 신비와 본질적으로 같으며, 나아가 신과의 일체감을 이루고자 하는 그 숭배자 연인이 지닌 신비와도 크게 다르지 않습니다. 다른 관점에서 보자면, 인간들은 모두 무한한 자기 자신입니다. 그런데 그 무한함의 본질은 다름 아닌 독특함입니다. 다시 말해, (과거와 현재와 미래의) 모든 시가 자아의 다양성을 드러내는 것은 아니며, 결과적으로 자기 초월의 다양성을 나타내는 것도 아닙니다. 다행히 제가 읽어 드릴 시들은 저런 포부를 담고 있지는 않습니다. 제가 이 시들을 통해 제시하고 싶은 것은 독특한 의식이며, 그런 의식이 없다면 인간의 정신은 신비하지 않는 것들로부터, 이를테면 사유하고 생각하고 인식하는 일 등으로부터 부활을 꿈꿀 수가 없습니다.

　　짧은 산문 구절 하나에 지나치게 많은 말을 한 것 같습니다. 그래서 저는 용기를 내어 짧은 시 몇 편을 낭독하려 합니다.
이 시들이 (어쨌든) 마음껏 노래할 수 있도록 해 보겠습니다.

뱀이 꿈틀거릴 권리에 대해 흥정하고
태양이 생활 임금을 받으려고 파업할 때면 ─
장미 가시가 장미를 걱정스럽게 바라보며
무지개를 노후 대비용 보험으로 걸어 둘 때면

지빠귀들이 모두 초승달을 노래하지 않을 때면
소쩍새들이 모두 그의 목소리를 안 좋아한다면
─ 파도가 점선 위에 서명한다면
아니면 대양이 억지로 끝내 버린다면

참나무가 도토리 열매를 맺기 위해
자작나무에게 허락을 구할 때면 ─ 계곡이
높이 솟은 산을 책망하고 ─ 삼월이
사월을 파괴자라 비난할 때면

그때 우리는 저 놀랍고도
비(非)동물적인 인류의 존재를 믿게 되리라(그제야)

왜 공원 이곳저곳에 서 있는 걸까

항문 막대기 같은 어떤 따옴표 열고 동상들은 따옴표 닫고
입증이라도 하려는 걸까, 영웅이란
"아니오."라고 감히 말 못하는 얼간이라는 것을?

그렇지 않다면 따옴표 열고 국민들은 따옴표 닫고
잊게 되리라(인간은 죄를 짓고, 신은
용서한다)따옴표 열고 국가가 따옴표 닫고 "죽여라." 말하면
살인은 기독교적 사랑의 행위가 된다는 것을

서기 1944년 "그 누구도
군사적 필요성에 대한 주장에
반대할 수 없노라."(총사령관 E)
그러자 메아리가 답하길 "이성에 대해
상고할 수 없노라."(프로이트) ― 당신은 돈만 지불하고
마음에 드는 걸 갖지 마시오. 위대한 자유는 없다.

모든 무지는 썰매를 타고 활강하여 지식이 된다
그러고는 터덕터덕 걸어 올라가 다시 무지가 된다.
하지만 겨울은 영원하지 않으며, 눈마저
녹아내린다. 봄이 그 게임을 망친다면, 그땐 어떻게 될까?

모든 역사는 동계 스포츠의 한 종목 아니면 세 종목이다.
그런데 다섯 종목일 경우라도, 나는 여전히 주장하리라
모든 역사는 심지어 내게도 너무 작은 것이라고,
나와 그대에게, 지나치게 작은 것이라고.

(새된 소리 가득한 집단 신화를) 잡아채어 그대 무덤으로
저울이 삐걱거릴 만큼 가져다 놓아라
매지와 마벨, 딕과 데이브 누구든 저마다
── 내일은 우리들의 변함없는 거주지다

그러나 거기서 그들은 우리를 찾지 못하리라(만약 그렇다면,
우리는 더욱 먼 곳으로 이사하리라. 지금을 향해서.

삶은 이성이 기만할 때보다 더 진실하고

(광기가 드러날 때보다 더 비밀스럽다)

삶은 잃는 일보다 더 깊고, 소유하는 일보다 더 높다

─ 그러나 만물은 한없이 증식할 때보다


제각각일 때가 더욱 아름답다

인류가 만든 최강의 명상록은

이제 막 돋아나려는 나뭇잎 하나에 지워져 버린다

(그런 임박을 넘어서는 것은 아무것도 없다)


그렇지 않으면 눈에 띄지도 않는 어느 자그마한 새가

고요함을 우러러보며 제대로 노래 부를까?

미래는 낡아 버렸고, 과거는 태어나지 않았다

(여기서는 제일 무가치한 것이 제일 소중한 것이다)


사람들은 그를 사신이라 부르고, 사신은 사람들의 삶을 끝낸다

─ 그러나 죽음의 순간보다 지금이 더욱 아름답다

아무도 없으리라, 만약 사람이 신이라면. 그러나 만약 신이
사람이어야 한다면, 가끔씩 보게 될 그 사람은 이와 같으리라
(그는 가장 평범한 자다, 왜냐하면 각자의 고통이 그의 슬픔이기에.
그렇지만 그의 기쁨은 기쁨 이상이기에, 그는 가장 보기 드문 자다)


그는 악마다, 만약 진실을 말하는 자가 악마라면. 만약


자신의 빛을 아낌없이 완전히 비추는 자가 천사라면,
그는 천사다. 아니면 (그는 다양한 세계로서
절대적인 운명을 따르지 못한다기보다는 거부할 것이기에)
겁쟁이, 광대, 반역자, 백치, 몽상가, 야수다 ─


이런 사람은 시인이었고 앞으로 그럴 것이며 지금도 그러하다


─ 그는 심연의 공포를 해소하며
햇살의 건축술을 자신의 삶으로 지킬 것이다.
그리고 영원한 절망의 정글을 아로새기며
산의 심장 박동을 자신의 손에 쥘 것이다

증오는 절망의 거품에 바람을 불어넣어 거대하게 만든다
세계로 체계로 우주로 그러고는 팡 터진다
— 공포는 내일을 비애 속에 파묻는다
그러면 제일 파릇하고 어린 어제가 움터 오른다


즐거움과 고통은 단지 표면적일 뿐이다
(하나는 자신을 드러내고, 다른 하나는 자신을 숨긴다)
삶에서 유일하고 진실한 가치는 양자 부정이다
사랑은 동전의 두께를 얇게 한다


어떤 남자는 여사신(女死神)을 떠나 이곳에 왔을까
한결같은 현재와 겨울 없는 봄을 찾아서?
그녀는 자신의 손가락으로 저 영혼을 빙빙 돌리다
그에게 아무것도 주지 않을 것이다(그가 노래하지 않는다면)


얼마나 더 있어야 우리 둘 모두에게 충분할 것인가
사랑하는 이여. 내가 노래한다면 그대는 나의 목소리인 것이다.

하나는 절반 둘이 아니다. 하나의 절반들이 둘인 것이다.
다시 결합하는 반쪽들은, 소멸하지도, 여러 개가 되지도
않을 것이다. 그런데 숫자로 셀 수 있는 최대량보다
실제로 있는 것이 더 많다


엄중하고 기적 같은 이 모든 진실을 모르는
사람들이 있으니 ─ 냉혹한 그들을 조심하라
(그들은 메스를 받아들고 키스를 해부한다.
또는 이성에 팔린 채, 그들은 꿈꾸려 하지 않는다)


하나는 악령들과 천사들이 부르는 노래다:
인간들이 했던 살인적인 거짓말은 바로 둘로 만들라는 것이다.
거짓말쟁이들을 지치게 하자, 그들이 빚진 삶을 갚게 하면서.
우리는 (죽음과 탄생이라는 선물을 통해) 성장해야 한다


어둡고 제일 초라한 내면 저 깊은 곳에서 우리는 기억한다
사랑이 그의 한 해를 실어 나르고 있음을.
                    모두 잃고, 전부 찾는다

만약 (사랑의 비밀에 감동받은) 우리가, 집으로
돌아가며 하늘에 있는 달콤한 기적들을 맞이할 때처럼
(그리고 기쁘게 다시 날갯짓하는 모든 진실들처럼)
자아를, 무궁한 내일로 이끈다면


— 영혼들 밑으로 흐르는(산골짜기 숲)
백만 개의 장소들은 결코 그곳이 될 수 없는데
(완전히 낯설고, 완전히 익숙한) 그곳은
꿈을 넘고 현실을 넘어선 제일 소중한 장소다 —


어떻게 사실만을 중시하는 바보들이 마음속에
자유라는 신비를 그릴 수 있겠는가? 그러나
그들이 떠벌리는 부정확한 정밀성 속에서,
당신은 (조용히 내려앉을 것이고) 나는 노래할 것이다.


한편 사람들은 대부분 우리를 무심히 응시한다
시계와 달력이 만들어 낸 거대한 거짓말

하느님 당신께 감사드립니다, 이 최고로 멋진
날을 주셔서. 초록빛으로 뛰노는 수목의 영혼들과
파랗고 진실한 창공의 꿈을 주셔서, 그리고 자연스럽고
무한하고 긍정적인 모든 것들을 주셔서.


(죽었던 나는 오늘 다시 살아나고,
이날은 태양이 생겨난 날이다. 이날은
생명과 사랑과 날개가 생겨난 날이다. 그리고 이날은
즐겁고 거대한 사건들이 끊임없이 일어나는 지구의 탄생일이다)


어떻게 맛보고 만지고 듣고 보고
숨 쉬는 누군가가 ── 절대적 무(無)를
부정하며 거두어진 ── 인간 따위가
상상조차 못 할 당신을 의심할 수 있겠습니까?


(이제 나의 귀 가운데 귀가 깨어나고
이제 나의 눈 가운데 눈이 떠진다)

매번 심장의 격동을 느끼는 진실한 연인들은
그 누구보다, 그 어떤 것보다 오래 산다.
공포가 부인하는 것이나 희망이 주장하는 것에 얽매이지 않고,
두 사람 모두 최악의 거짓들이 사실임을 입증한다

(온갖 의혹과 온갖 확신 속에, 악당들은 분투하고
영웅들은 우둔한 마음으로 어설프게 가장한다
— 한동안 연재된 암울한 만화. 오직 사랑만이
마음 저편에서 영원토록 일어난다)

지금 느끼는 사랑은 영원하고
이곳에서 느끼는 사랑은 어디에든 있으니,
한밤중에 더 많은 별들이 쏟아진다면
진실한 연인들은 더욱 진실해질 것이다

(그렇다. 만약 시간이 과거의 그와 미래의 그에게 묻는다면,
그들의 눈은 "그렇다."라는 말을 절대 빠뜨리지 않으리라)

　　여기서 저의 다섯 번째 수업, 즉 개성과 자기 초월을 바탕으로 한 수업이 끝났습니다. 수업 종료를 기념하기 위해, 이 무지한 사람이 여러분과 공유하고 싶은 작품이 있는데, 모든 문학 중에서 저런 가치들을 (적어도 제가 보기엔) 최고로 잘 표현하고 있습니다. 셰익스피어의 『안토니와 클레오파트라』의 마지막 장면 대부분과 단테의 『신곡: 천국편』 중 서른세 번째 시편의 도입부를 함께 나누고자 합니다. 한 말씀만 덧붙이자면, 시도하는 것보다 더 어려운 일은 없지만, 그래도 시도하는

것만큼 더 좋은 일도 없다고 저는 생각합니다.

**돌라벨라** 여왕마마, 소신은 마마의 어명으로 맹세했듯이 복종하는 것을 신성한 의무로 생각하기에 이렇게 아룁니다. 시저 각하께서는 시리아를 거쳐 개선하실 계획입니다. 그리고 사흘 내로 여왕님과 자녀들을 먼저 떠나보내실 예정입니다. 이 점을 최대로 이용하십시오. 이제 소신은 마마께서 바라시는 대로 약속을 이행하였습니다.

**클레오파트라** 돌라벨라, 그대 호의는 잊지 않겠소.

**돌라벨라** 소신은 마마의 종이옵니다. 이만 물러갑니다, 마마. 시저 각하께 가 봐야겠습니다.

**클레오파트라** 잘 가시오, 고맙소. (돌라벨라 퇴장.) 자, 아이러스, 넌 어떻게 생각하느냐? 너도 이집트의 꼭두각시로 로마에서 구경거리가 될 것이다. 나처럼 말이다. 기름때 묻은 앞치마를 두르고 잣대와 망치를 쥔 천한 직공들이 우릴 떠메고 구경거리로 삼을 거라는 말이다. 천한 음식을 먹고 풍기는 그자들의 고약한 입 냄새가 우릴 둘러싸면, 우린 그 독기를 들이마실 수밖에 없겠지.

**아이러스** 절대 그런 일이 없기를!

**클레오파트라** 아니다, 아이러스, 틀림없이 그렇게 될 것이다. 짓궂은 사령들은 우리를 무슨 매춘부인 양 잡으려 들 것이다. 그리고 한심한 시인들은 우릴 보고 장단도 안 맞는 노래를 지을 테고 말이다. 약삭빠른 희극 배우들은 우리 얘기를 즉흥극으로 꾸민 다음, 알렉산드리아의 그 술잔치 장면을 상연하겠지. 그러면 안토니 장군을 주정뱅이로 등장시킬 테고, 꽥꽥거리는 소년 배우는 창녀 같은 분장으로 내 위엄을 욕되게 하겠지.

**아이러스** 세상에, 그럴 리가요!

클레오파트라 아니, 틀림없이 그렇게 될 것이다.

아이러스 절대 그런 꼴은 보지 않겠어요! 저는 눈보다는 손톱
이 확실히 더 강하답니다.

클레오파트라 하긴, 그것도 한 방법이 되겠구나. 그놈들의 계획
을 조롱해 주고 그들의 어리석은 의도를 좌절시킬 수 있을
테니 말이다.

### 차미언 다시 등장

자, 차미언! 얘들아, 날 여왕답게 단장해 주렴. 가서 제일 좋은
옷을 가져오너라. 마크 안토니 장군을 만나러 저승의 시드누스 강
으로 돌아가련다. 속히 하렴, 아이러스. 자, 차미언, 빨리 해치워야
겠구나. 네가 이 일을 끝내게 해 주면, 최후의 심판까지 쉴 수 있는
휴가를 내주마. 자, 우리 왕관과 모든 것을 다 가져오너라. (아이러
스 퇴장. 떠들썩한 소리가 들려온다.) 저 소란스러운 소리는 무엇이
지?

### 위병들 중 한 명 등장

위병 웬 시골뜨기가 찾아와 마마를 기어이 배알하겠다고 야단
이옵니다. 무화과를 가지고 왔다 하옵니다.

클레오파트라 그자를 이리 들여라. (위병 퇴장.) 변변찮은 도구
로 훌륭한 일을 할 수 있다니! 그자는 내게 자유를 가져온
게야. 이미 결심은 굳었고, 내 속엔 여자 같은 감정은 조금
도 없다. 이젠 머리에서부터 발끝까지 온통 대리석처럼 견
고하다. 변하기 쉬운 달 따위는 더 이상 내 것이 아니야.

위병이 바구니를 든 시골뜨기와 함께 등장

**위병** 이자이옵니다.

**클레오파트라** 그자는 두고, 넌 물러가거라. (위병 퇴장.) 나일 강의 그 예쁜 뱀은 가지고 왔느냐? 사람을 물어 죽여도 고통을 주지 않는다는 그 뱀 말이다.

**시골뜨기** 그럼요, 가지고 왔습죠. 하지만 소인은 마마께서 그놈을 건드리시는 걸 원치 않습니다요. 물리면 치명적이니까요. 물린 이들은 죽거나 좀처럼 다시 회복하지 못합니다요.

**클레오파트라** 물려 죽은 사람을 본 적 있느냐?

**시골뜨기** 무척이나 많이 알고 있습죠, 남자와 여자 모두 말입니다요. 바로 어제도 그중 한 사람한테 얘길 들었습죠. 아주 정직한 아낙인데, 거짓말은 좀 한다더군요. 여자란 정직한 체하지만 거짓말을 하거든요. 그 아낙이 누가 어떻게 물려 죽었고, 얼마나 아팠는지를 얘기해 주더군요. 정말이지 그 아낙은 뱀 얘기를 기똥차게 잘 했습죠. 그렇지만 그런 얘기들을 모두 믿다간 절대 구원받지 못해요. 어쨌든 이 녀석은 알 수 없는 뱀이에요, 정말 기묘한 뱀이죠.

**클레오파트라** 수고했으니 이제 그만 물러가거라.

**시골뜨기** 뱀과 실컷 즐기십쇼. (바구니를 의자 옆에 내려놓는다.)

**클레오파트라** 잘 가거라.

**시골뜨기** 부디 조심하십쇼. 본래 뱀이라는 놈은 본성대로 움직이니까요.

**클레오파트라** 그래 알았으니, 그만 물러가라.

**시골뜨기** 아셨지요. 뱀은 내버려 두시면 안 되고, 잘 아는 사람이 길러야 합니다요. 참말로 뱀이라는 놈은 온순하지 않다니까요.

**클레오파트라** 염려하지 말거라, 조심하겠다.

**시골뜨기** 좋습니다요. 아무것도 주지 마십쇼. 키울 만한 가치가 없는 놈이니까요.

**클레오파트라** 이놈이 나를 잡아먹을까?

**시골뜨기** 절 얼간이로 생각하시면 안 됩니다요. 악마도 여자를 잡아먹진 않는다는 걸 알고 있습죠. 하긴 여자를 잡수시는 신들도 있습죠, 악마가 점찍어 둔 게 아니라면요. 그런데 참말로 저 망할 놈의 악마들은 여자 문제로 신들께 폐를 끼친다니까요. 신들이 여자 열 명을 만들어 놓으면, 그중 다섯은 악마들이 망쳐 놓거든요.

**클레오파트라** 그만 됐다, 어서 그만 물러가라.

**시골뜨기** 예, 그렇게 하겠사옵니다요. 뱀과 실컷 즐기십쇼. (퇴장.)


아이러스가 여왕의 대례복과 왕관 등을 가지고 등장


**클레오파트라** 그 옷을 입혀 주고, 왕관을 씌워 다오. 어서 이승을 떠나 피안의 세계로 들어가고 싶구나. 이제 더는 이집트 포도주로 입술을 축이지 못하겠지. 어서 빨리, 아이러스, 어서! 서둘러 해 다오! 안토니 장군께서 부르시는 소리가 들리는 것 같구나. 그분이 내 고귀한 처사를 칭찬하려고 일어서는 모습이 눈에 선하구나. 시저의 요행을 조롱하는 소리도 들린다. 그 요행은 나중에 신이 벌을 내릴 구실

로 삼으려는 게야. 낭군이시여, 제가 갑니다. 내 용기야, 그
분의 아내로서 부끄럽지 않게 죽게 해 다오! 난 이제 불과
공기가 되련다. 다른 원소들은 천한 이승에 남겨 둬야지.
자, 준비는 다 되었느냐? 그럼 이리 와 내 입술의 마지막
온기를 받아 가렴. 잘 있거라, 다정한 차미언. 잘 있어, 아
이러스. 영원한 작별이로구나. (시녀들에게 키스를 한다. 아
이러스가 쓰러져 죽는다.) 내 입술에 독사의 독이라도 묻었
단 말인가? 왜 쓰러져 버리느냐? 네 목숨이 그렇게 조용히
떠날 수 있는 거라면, 벼락같은 죽음은 마치 애인이 꼬집
을 때처럼 아프긴 해도 즐거울 것이야. 여전히 쓰러져 있
는 게냐? 네가 그렇게 사라진다면, 이 세상에 가르쳐 주는
셈이다. 작별 인사 따윈 필요 없다고.

**차미언**  짙은 구름아, 녹아 버려라. 그리고 비를 퍼부어라. 그러
면 신들도 슬퍼해 주신다고 말할 수 있을 테니.

**클레오파트라**  내가 졸렬한 사람이 되고 말았구나. 아이러스가
곱슬머리의 안토니 장군을 먼저 만나면, 그분은 나에 관한
일을 묻고서 내게는 천국 같은 그 키스를 그 아이한테 먼
저 해 주실 게 아닌가. 자, 죽음의 독사야, (독사를 가슴에
갖다 댄다.) 날카로운 너의 이빨로 이 얽히고설킨 생명의
매듭을 단번에 끊어 다오. 이 작은 독사 녀석아, 성을 내어
한 번에 보내 다오. 아, 네가 말을 할 수 있다면, 저 위대한
시저를 얼간이라고 부르는 소릴 들을 텐데!

**차미언**  오, 동방의 샛별이시여!

**클레오파트라**  쉿, 조용히 하거라! 내 품에 안긴 아기가 보이지
않느냐? 내 젖을 빨며 유모를 잠재우려 하는 것이?

동정녀 마리아여, 당신 아들의 딸이시여,[32]
하느님의 영원한 계획에서 변함없는 목표이시며,
피조물 중 가장 겸손하고 가장 높은 분이시여,

당신이 인간의 본성을 고귀하게
끌어올리셨기에, 창조주께서는 스스로
인간이 되는 일을 꺼리지 않으셨습니다.

당신의 배 속에서 사랑의 불꽃이
다시 피어올라, 그 열기로 이 꽃은
영원한 평화 속에 피어났습니다.

우리에게 당신은 사랑으로 불타오르는
한낮의 햇불이시며, 저 아래 세상 인간들에게
당신은 살아 있는 희망의 샘이십니다.

성모여, 당신은 그토록 위대하고 전능하시니,
누군가 당신께 회귀하지 않고 은총만을 바란다면,
그것은 날개 없이 날려고 하는 것과 같습니다.

당신은 간청하는 이들을 인자한 마음으로
도울 뿐만 아니라, 종종 청하기도 전에
먼저 달려가 도움을 주십니다.

---

32    "당신 아들의 딸"이라는 구절은 성모 마리아가 예수를 잉태했던 신성한 존재
      인 동시에 창조주의 피조물인 인간임을 뜻한다.

당신 안에는 자비가, 당신 안에는 박애가
함께하고 있기에, 하느님의 피조물 안에 있는
모든 선한 것들은 당신 안으로 모여듭니다.

# 여섯 번째 강의 아닌 강의:
# 나 & 있음 & 산타클로스

오늘 저녁 저는 다음 네 가지를 해 볼까 합니다. 첫째는 소련에 관해 쓴 일기 중에서 긴 구절 하나를 여러분께 읽어 드리는 것이고, 둘째는 『산타클로스』라는 다섯 장면으로 구성된 교훈극에 대해 설명해 드리는 것이며, 셋째는 저의 첫 번째 강의 아닌 강의 서두에서 말씀드렸던 질문에 대해 생각해 보는 것입니다. 그리고 마지막으로 여러분들께 위인 두 명을 소개해 드리겠습니다.

여기 계신 대부분의 청중께서는 카를 마르크스의 천국[33]에 가 본 적이 없을 텐데, 마찬가지로 『에이미』라는 제목의 굉장히 인기 없는 (그래도 나름대로 특유한 스타일로 쓰인) 책을 본 적이 없을 것입니다. 이런 이유로 저는 그 책이 어떤 내용을 담고 있는지 앞으로 십오 분 동안 자유롭게 묘사해 보겠습니다. 일천구백삼십일 년, 오월 삼십 일, 토요일이었습니다. 저

---

33 구소련을 뜻한다.

는 끝이 보이지 않을 정도로 긴 줄을 선, 엄청나게 투박한 사람들을 언뜻 봅니다. 그 사람들은 (각각 "따바리쉬", 즉 "동무"며, 비인간적 초국가인 소비에트 사회주의 공화국 연방의 이른바 "인민"으로서) 그들의 인간신(人間神)인 레닌의 무덤을 향해 아주 조금씩 움직이며 그 속으로 사라지고 있습니다.[34] 방부 처리된 레닌의 시신은 아마 무덤 내부의 지하 어딘가에 놓여 있습니다. 감찰 경관이 무덤 입구 근처에 불쑥 나타나고, 저는 그에게 다가갑니다. 그리고 저는 (온갖 거짓말을 짜내며) 저를 미국 신문 기자라고 말합니다. 그 결과, 그는 환영한다는 듯 저를 길게 늘어선 줄의 제일 앞쪽으로 밀어 넣어 줍니다. 줄이 움직이지 않을 듯 아주 서서히 움직이면서, 저는 그 무덤에 들어섭니다. 내려갑니다. 인간신 레닌을 봅니다. 올라갑니다. 빠져나와 (다시 한 번 신선한 공기를 마시며) 저는 혀를 내두릅니다. 제가 본 것 때문이 아니라, 오히려 제가 보지 못했던 것들에 경탄합니다.

덧붙여 말씀드리면, 희랍어 "에이미(εἰμί)"는 "있음(am)"을 뜻합니다.[35] "K 동무"는 (여기서 K는 "커밍스"를 러시아어로 표기

---

34    블라디미르 레닌(Vladimir Lenin, 1870–1924): 러시아 공산주의 혁명가이자 정치가다. 그는 사후에 방부 처리되어 모스크바 붉은 광장에 지은 거대한 지하 묘실에 안치되었다. 커밍스는 1931년에 레닌의 묘를 처음 방문했고, 그때의 경험을 「에이미」라는 작품 속에 담아냈다.

35    "에이미"는 신격화한 레닌의 존재를 뜻한다. 희랍어 "에고 에이미(ego eimi)"는 주로 예수와 같은 절대자의 존재를 지칭하는 상투어로, 사전적 의미는 "나는 스스로 있는 자(I am who I am)"다. 커밍스는 "에이미"라는 신학적 은유를 통해 어떻게 레닌이 사후에 박제되어 소련 공산주의의 영웅으로 신격화되었는지를 풍자하고 있다. 덧붙여, 일반적 의미의 "존재(있음)"의 경우에 커밍스는 주로 "~이다/~있다"라는 뜻의 "is"나 "am"을 명사처럼 사용한다. 따라서 여섯 번째 강의의 영어 제목인 "I & am & santa claus"는 일종의 언어유희로서,

한 Kemminkz의 약어로서) 저를 말합니다. 그리고 "아라비안나
이트"는 모스크바에 있는 제일 웅장하고 경이로운 한 교회에
제가 붙인 애칭입니다. 좀 더 정확히 말하면, 거기는 옛날에
교회가 있던 자리로 지금은 저 자비로우신, 신의 존재를 부정
하는 정부 나리께서 반종교적 박물관으로 바꿔 놓았습니다.

이제 우리는 "있음"에 대해 탐험해 보겠습니다.

얼굴얼굴얼굴얼굴얼굴
 손-
　　지느러미-
　　　　　　발톱
 발-
　　발굽
(동무)
　　　　들이 셀 수 없이 많다(웃지-않은 채)
　먼지투성이 더러움 더러운 다른 이들의 더러움과 함께 자기
자신들의 더러움과 함께 더 더러운 제일 더러운 대기 장소 더럽게
절대로 웃지 않는다 발을 끌며 곰작거린다 더러운 일시 정지 멈춰
선다
　웃음기 하나 없이.
　　　　　　어딘지도 모를 곳에서 온 이들(특색 없는 얼굴들)어
딘가에서 온 다른 이들(무언가를 닮은 손들)이들은 무지를 알았다

---

"나 & 있음 & 산타클로스"와 "나 & 는 & 산타클로스"라는 두 가지 의미를 동
시에 지닌다.

(제일 거대한 발과 믿음)저들은 고독하다(죽음의 껍질 속에 구부정히
서 있으며)모두들 ──

　　셀 수 없이 많아

　　── 서로가서로인듯

　　얼굴얼굴얼굴얼굴

　　얼굴얼굴얼굴

　　얼굴얼굴

　　얼굴:

　　　　모두들(움직이다 멈추기를 수없이 반복하며)향하고 있다

　　그

　　　무덤

　　　　지하

　　　　　성당으로

　　묘지로.

　　그 묘지로.

　　향하고 있다 그(묘지로

　　모두들 향한다 그 묘지로)자기 자신의 묘지로(모두들 향한다
그들 자신의 묘지로)모두들 향한다 자아의 묘지로

　　움직인다(먼지투성이의 더러움 더러운)안 움직이다 움직이고
안(어딘지도 모를 곳에서 온 이들)움직인다 움직이다 안 움직인다
(서로가서로인듯):

　　얼굴

　　그들-아닌-우리의

　　얼굴얼굴,

　　그녀-아닌-우리의

　　얼굴얼굴얼굴

그-아닌-우리의

      — 향하고 있다

우리의 생명 블라디미르여! 우리의 기쁨 울리야노프여! 우리의 희망 레닌이여!

모두들 —

(손-

   지느러미-

       발톱

발-

  발굽

(동무)

      들이 셀 수 없이 많다(웃지-않은 채)

모두들 향하고 있고 안-움직일 듯 안 움직인다, 모두들 향하고 있고 우리는 멈춰 선다. 모두들 향하고 있고 곰작거리며 발을 끌며 걷는다: 모두들 향하고 향한다 서서 기다린다. 있는 듯 없는 듯.

저 어둠의 인간들 모두 구부정히(안-향하는 듯)향하고 있다 그리고 — 얼굴얼굴얼굴얼굴 — 아라비안나이트를 지나서 사라진다…… 셀 수 없이 많다. 혹은 어쩌면 보이지 않는, 최후의, 얼굴이 존재할지도 모른다. 움직일 듯 안 움직이며 영겁의 세월이 여러 번 지난 후에야 도착해 창조주 레닌을(숨죽인 채)보게 될 것인가?

"빠잘스따." — 하고 소리 내며 K 동무는 제일 거친 한 경관에게 말했다. 발을 끌며 곰작거리는 끝 모를 긴 줄의 끄트머리에서, 그 최고의 무덤 앞에서, 엉거주춤 선 채로.

(계속해서 소리 내어 말한다.)나, 미국 기자……

(제일 거친 그 경관은 휙 돌아선다: 그가 작디작은 나를 빤히 내려다보던 정말로 끔찍했던 1순간 — 경례 인사를 한다! 그리고 매우 다

정하게 나를 떠밀어 준다.)천상에서 헤엄쳐 내려오는 돌고래들처럼 ── 그 무엇도 지금의 우릴 막진 못할 것처럼! (웃음기 없이 끝없는 줄의 제일 앞으로 떠밀어 준다:

── 이들 2사람 사이에.

턱수염을 기른 한 사람과 그저

면도만 안 했을 뿐인 한 사람)이제 그들은 무표정하게 자리를 내준다. 고분고분하게 그리고 이제 우리는 나를 사이에 끼운 샌드위치 모양이 된다. & 이제

3동무들이 움직인다. 나(K 동무)를 사이에 두고 앞쪽에 동무 한 명 뒤쪽에 동무 한 명이 움직인다…… 안-……움직이고 …… 안-……그리고 항상(바로 내 뒤에 선 동무 뒤쪽으로)셀 수 없이-많은-사람들이-있다

(입구 양쪽으로: 엄숙함. 차렷 자세를 취하고 있는 무장한 군인.)

── 고약한 냄새가 난다. 구멍 난 창자, 수만의 동물-아닌-사람의 부패. 암흑 속에서 홍수처럼 밀려오는 악취. 이제 동무가 된 3사람을 질식시킬 듯 덮친다.(차렷 자세로 서로의 엄숙함을 마주 보는(& 눈꺼풀이 움직일 듯 움직이지 않는)저 군인 둘을 지나가며 우리는 움직일 듯 움직이지 않는다.)

마치 어떤 사람이, 영겁의 세월 동안, 홀로 자유로이 살아갈 때처럼(항상 도처의 공기를 마시면서, 암흑의 색을 깊이 느끼고 거대한 태양의 소리를 온전히 즐기면서, 산의 당당한 침묵을 느긋하게 음미하면서, 불가사의한 기적들을 접하고 또 그것들에 영향받으면서, 나무와 불과 비와 온갖 피조물들 그리고 강하고 충실한 것들 하나하나와 담대하게 대화하며 살아갈 때처럼)마치 그 사람이 어느 장소에 이르러 절망에 전율할 때처럼 그리고 어느 시점에 이르러 육신이 소멸하며 빛을 발하게 될 때처럼 ── 이런 것들은 전능한 신을 향한 두려움으

로 변한다. ― 마치 그 사람이 어느 한 도시로 들어설 때처럼(그리고 그의 영혼이 엄숙하게 지상으로 하강하며 장차 보게 될 도시의 아름다움을 소망할 때처럼)그렇게 나는 아래로 내려갔고 그렇게 나는 변장하였다. 그렇게(죽은 자의 신격화한 육체를 향해)나는 움직일 듯 움직이지 않았다.

턱수염 기른 자가 모자를 벗었다. 나도. 턱수염 없는 자도

……이제는, 석조전, 광택 나는(이제는)어둠컴컴함……

― 좌회전하여,

　　　　아래로

(떠돌아다니는 낡은 해골(발을 끌며 걸어가는 늙은 유령이)바로-내-앞에-악취와-희미한-빛-속에 서 있다 &

그)로부터,이제: 앞으로 살금살금 걷는다, 무엇(인가가, 소심)하게…… 촉-수로 느끼며

조심,스럽게 &, 그것은, 부드럽게 만지려 애쓰는 중-이다 무서,운,듯 어떻게 저 광택 나는 것이, 저 미끈거리는 검은 것이, 저 ― 저게 진짜인가요? ― (그래요)놀랍게도 & 물러간다, 줄어든다, 시든다.

　-가는 중이다(우회전하여)

　　　　　　　우리는 그 장소에 들어선다, 나는 올려다본다: 우리(모두)의 머리 위로 광택 나는 석판이 있고 거기에 반사된(움직일 듯 움직이지 않는(동무들의)모습)이 뒤집힌 모습으로 나타난다.

이제, 어느 묘실. 여기가…… 그렇군 ― 쉿, 조용히!

프리즘 모양의 투명 유리관 아래

누워 있다.(상체만-드러낸-동무가

힘없이 주먹 쥔 갈고리 같은 오른손

힘없이 늘어진 지느러미 같은 왼손

& 진지해 보이지는-않는-작은 머리 & 주름살-없는-얼굴 &
불그스름한 수염)

(군복 입은 1명이 재빨리 나타나 우리 조를 떠밀어 2개의 조를 포
갠다)턱수염 기른 이를 안으로 휙 잡아당기고 나를 밖으로 떠민
다…… & 동무들은(묘실의(유리관)주위로)안 움직일 듯 움직인다.

(목 높이의 벽 안에서

유리관 주위를 둘러싼 홈을 따라서)

서 있다, 유리관의 질서 유지용 차단봉 곁에, 진짜 소총을 찬
(살아 있으나, 말 없는) 어떤 사람이:

—동무들은 원을 그리며 움직인다. 우리는 회전한다. 이제 나
는 어찌된 일인지(잠시 동안)안쪽에 서 있다. 나 홀로—

으르렁거린다. 또 다른 군인. 우리를 우회전시킨다. 우리는(붉
은색 띠무늬 장식이 벽에 반점처럼 불규칙하게 박혀 있는)그 장소를
떠난다. 그 멍청하고 지나치게 감상적이며 곰삭은 악취를 풍기는
구멍 난 창자를 떠난다…… 우리는 올라간다 & 올라가서 우리는

밖으로 나간다.

분명 그것은 육신으로 만들어진 것이 아니었다. 그리하여 나는
수많은 밀랍 인형들을 보았는데, 그것들은 진짜 같아 보였으나(일
부는 터무니없었고 많은 경우에 끔찍하였으며 대개는 둘 다였다.) 또
한 수많은 이미지들을 보았는데, 그 생기 없는 형상들은 존재를 해
방시킨다거나 큰 존재(말하자면, 생명체와 비생명체를 똑같이 업신
여기는 어떤 자)를 날조해 낼 수도 있었다. —나는 더 나은 신이나
이방인, 즉 훨씬 더 강력하고 심오한 꼭두각시 인형들을 수없이 많
이 보았는데, 그것들은 사방 어디에나 있고 아마 미국에도(예를 들
면)코니아일랜드에서도 볼 수 있으리라……

저 인간미 없는, 세계 같지도 않은 세계가 지닌 주요한 한 측면에 대해서 이 정도면 (간략하게나마) 충분히 말씀드린 것 같습니다. 바로 불모의 지성이 잉태하고 전능한 비(非)상상력이 양육한, 어느 반종교적 광신교입니다. 그것은 완전성이라는 미명 아래 범인(凡人)을 소름 끼치도록 신격화하는 일이고, 개개인을 살해해 버리는 무자비한 구원론이며, 거대한 영적 자살에 대한 합리화라고 하겠습니다. 다음으로 넘어가서, 저는 이런 주제를 보완해 주는 ── 가급적이면 더욱 기괴한 ── 현상에 대해 말씀드리려고 합니다. 그 현상이란 영적으로 불구가 된 가짜 공산주의를 말하는데, 그 가짜 공산주의는 정신적 탐욕에서 비롯된 음탕한 언행들에 끊임없이 사로잡혀 있습니다.[36] 그것은 잡식성의 사회가 지닌 위선이며, 이상주의의 활력을 분출하는 듯 보이지만 정작 자신의 자살 충동을 실현하는 일 앞에서는 비굴하게 굽실거립니다. 또한 그 가짜 공산주의는 사랑의 한없는 관대함을 숭상하는 이른바 자유로운 사회인 것 같지만, 실상은 단순하고 거대한 지식욕에 지배되는 사회입니다. 이런 사회는 과거와 현재와 미래의 모든 인류의 생존을 위협할 뿐만 아니라, (자유라는 이름으로) 생명 자체를 절멸시킵니다.

이제 제가 무운시로 쓴 짧은 우화를 살펴보겠습니다. 등

---

36  레닌의 사상은 카를 마르크스와 프리드리히 엥겔스의 사회주의 유물론에 많은 영향을 받았다. 그러나 레닌의 사상은 소련 공산당의 국정 철학으로 발전하는 과정에서, 물질만을 문제시하며 인간의 주체적 사고나 개성을 억압한다. 커밍스는 이러한 억압적 사회 체제를 "영적으로 불구가 된 가짜 공산주의"라는 말로 비판한다.

장인물은 "사신(死神)", "산타클로스", "군중", "아이" 그리고 "여인"입니다.

## 1장

(산책 중인 사신 — 그는 검은색 타이츠를 입었고, 그 위에 흰색 페인트로 그린 자신의 뼈가 생생하게 드러나 있다. 그리고 그의 가면에는 살점 하나 없는 사람 머리 해골 모양이 투박하게 그려져 있다. 유난히 큰 올챙이배를 한 인물이 천천히 그리고 풀이 죽은 채 등장한다. 그는 낡고 색이 바랜 빨간색 산타클로스 복장을 하고 있고, 낯익은 산타클로스 가면, 즉 구레나룻이 난 쾌활한 노인의 얼굴이 그려진 가면을 쓰고 있다.)

| | |
|---|---|
| **사신** | 여보게, 어디가 안 좋은 게요? |
| **산타클로스** | 그래요. |
| **사신** | 아프오? |
| **산타클로스** | 가슴이 아프네요. |
| **사신** | 무슨 문제라도 있는 게요? 와서, 얘기해 보시오. |
| **산타클로스** | 나는 줄 게 너무 많은데, 아무도 가지려 하질 않는군요. |
| **사신** | 내 문제도 배급에 관한 것이지만, 상황은 정반대라오. |

사신은 호감을 드러내면서, 자신과 산타클로스가 "몽롱한 세계의 거주민"으로 서로 함께 살아가고 있다고 설명합니다. 그 세계는 "환영의 산물들이 비교적 진짜처럼" 보일 정도로,

"정말 기만적이고, 정말 별 볼 일 없는, 그렇고 그런" 곳입니다. (사신이 이어서 말하길) "이곳은 판매 기술의 세계"인데, 공교롭게도 산타클로스는 이해력이라고 하는 "쉽게 팔리지 않는 유일한 것"을 가지고 태어났습니다. 산타클로스가 해야 할 일은 과학자가 되는 것, "쉽게 말하자면, 지식 판매원"이 되는 것입니다. 왜냐하면

> 이 불가사의한 텅 빈 세계에서는, 누구나 지식을 팔 수 있고, 모두가 지식을 원한다오. 그리고 사람들은 그것을 얻기 위해 얼마든 지불할 용의가 있다오.

그러나 (산타클로스는 이의를 제기하듯이) "내겐 지식이 없어요…… 이해력만 있을 뿐."이라고 말합니다.

> **사신** 한동안 당신에게 이해력이 있단 사실을 잊으시오.
> (그가 산타클로스의 가면을 잡아 벗기자, 젊은이의 얼굴이 드러난다.)
> 그리고 지식에 관해선, 뭐, 너무 걱정하지 마시오.
> (그는 자신의 가면을 벗고 살점 없는 인간의 해골을 드러내 보인다. 그리고 그 해골 마스크를 산타클로스의 젊은 얼굴에 억지로 씌운다.)
> 사람들이 "과학"이라는 마법 같은 그 이름을 듣는다면,

(슬며시 산타클로스의 가면을 자신의 해골 얼굴에 씌운다.)

당신은 사람들에게 뭐든 팔 수 있을 거요. 이해력만 제외하고 말이오.

**산타클로스** 정말인가요?

**사신** 뭐든지 다.

**산타클로스** 그러니까 당신 말은, 만약에……

**사신** 만약 같은 건 없소!

**산타클로스** 설마 내게 이런 말을 하려는 건 아니겠죠, 존재하지도 않는 걸 사람들에게 팔 수 있을 거라고?

**사신** 안 될 게 뭐 있겠소? 당신은 사람들이 존재하지 않는다고 생각하오, 안 그렇소?

**산타클로스** 사람들이 존재하지 않나요?

**사신** 사람들? 진정 그들은 존재하지 않소! 그들이 존재하길 바라지만, 만약 그렇다면 내가 지금처럼 해골이 되진 않았을 것이오. 정말 아니라오. 당신이 이 "과학"이라는 게임 속에서, 이 "지식"이라는 라켓을 들고 있다면, 무한함이 곧 당신의 한계인 거요. 하지만 기억하시오. 무언가가 적게 존재할수록, 사람들은 그것을 더 많이 원한다는 것을.

**산타클로스** 존재하지 않는 무엇이라는 것이 도무지 생각나질 않군요. 혹시 내게 도움이 될 만한 게 있을지.

사신　바퀴 광산은 어떻소?

산타클로스　바퀴 광산?

사신　확실히 바퀴 광산은 존재하지 않소이다. 그리고 앞으로도 결코 존재하지 않을 테고, 예전에도 결코 존재하지 않았소.

산타클로스　바퀴 광산이라…… 그런데 더할 나위 없이 환상적이군요!

사신　당신은 왜 "과학적"이라는 말을 "환상적"이라고 표현하는 거요?[37]

참, 난 이만 산책을 가야겠군. 잘 지내시오, 과학자 양반!

뒤이어 우리는 사신의 가면을 쓴 채로 떠들썩하게 자신을 과학자라고 선언하고 다니는 산타클로스를 보게 되는데, 그는 바퀴 광산의 주식을 군중에게 팔고 있습니다. 만연해 있던 그의 회의론은 광란의 열의로 급격히 바뀝니다.

산타클로스　또 필요하신 분 있나요.

여러 목소리　나요! 나도! 내게 주시오!

산타클로스　잠시만 기다려 주시오. 친구들이여, 과학이 누구를 더 편애했다거나 혹은 냉대했다는 말을 듣게 되진 않을 겁니다.

---

37　산타클로스의 "환상적(fantastic)"이라는 말은 "매우 훌륭하다."라는 긍정적 의미였으나, 사신은 동일한 단어를 "현실과 동떨어진" 혹은 "근거 없는 공상의 산물"이라는 부정적 의미로 전혀 다르게 해석한다.

기억하세요. 과학은 그저 개인적인 것이 아닙니다. 개인들은, 어쨌든, 인간일 뿐이고, 그리고 인간은 쉽게 부패합니다. 왜냐하면 (여러분도 분명 아시겠지만) 실수하는 게 인간이기에.

생각해 보세요. 좀 생각해 봐요! 수많은 세기 동안 이 지구가 인간들로 들끓었다는 것을!

생각해 봐요. 우리들 중 개개인을 알아보게 된 것은 그리 오래전의 일이 아니라는 것을! 오, 저 암흑시대! 진정 암흑이었답니다, 친구들이여!

그러나 이제 저 끔찍했던 암흑은 빛으로 바꿉니다. 과학의 불꽃이 도처에서 불타고 있으니까요. 공정하고 전능한 과학, 그 초인적인 빛 앞에서 과학 발생 이전에 있던 어두운 본능들은 모두 사라집니다.

생각해 보세요. 좀 생각해 봐요! 적어도 그 괴물이, 즉 사람이, 자신의 문란한 인간성으로부터 해방되었음을! 사람이 그저 사람에 지나지 않았을 시절에, 평등이란 무슨 의미였을까요?

하나의 낱말. 하나의 희망.

사람들은 결코 평등할 수 없었습니다. 왜냐? 왜냐하면 평등은 당신 같은 초인들이 지닌 특성이기 때문입니다. 거기 당신도, 당신도 그리고 당신도 해당되죠.

그러므로 (초인이신 신사 숙녀 여러분) 여러분께서 초인적인 목소리로 "내게 주시오."라고 외칠 때, 과학은 그 소리에 공정하게 귀를 기울이며, 전능한 목소리로 이렇게 답합니다.

"바퀴 광산 주식은 모두를 위해 충분히 있으리로다."

**여러 목소리** 번창하라! 과학이여, 영원하길! 바퀴 광산 만세!


세 번째 장이 시작되면서, 산타클로스는 ─ 생명의 위협을 느끼며 ─ 사신에게 달려옵니다. 산타클로스가 외치길, 바퀴 광산에 끔찍한 사고가 있었고, 그 결과 성난 군중이 지금 자신을 목매달아 죽이려 한다는 것입니다. 사신은 은밀히 즐거워하면서, 이 모든 일에 콧방귀를 뀝니다. 그러고는 바퀴 광산은 전적으로 존재하지 않는다는 말로 자신의 희생양을 안심시킵니다.


**산타클로스** 오, 그렇다면 내게 말해 봐요, 말해 봐요. 어떻게 바퀴 광산이 사람에게 중상을 입히고, 불구로 만들 수 있는지, 어떻게 그것이 한낱 사람들을 괴물로 바꿔 놓을 수 있는지. 대답해 봐요. 어떻게!

**사신** 친구여, 당신은 중요한 사실을 잊어버렸나 보오. 다시 말해, 저 사람들, 바퀴 광산의 광부 같은 것은, 존재하지 않는다는 사실 말이오. 당신도 알겠지만, 이중의 부정은 긍정이 된다오. 그럼 내가 감히 분석을 해 보자면 말이오……

**산타클로스** 당신 죽고 싶은 거요?

**사신** 내가 죽는다? 하-하-하-하! 사신이 어떻게 죽을 수 있겠소?

**산타클로스** 사신이라니?

**사신** 몰랐단 말이오?

**산타클로스** 미치겠군. 당신, 내게 말해 봐요. 당신이 사신이건 악마이건, 그 무엇이든지 상관없으니, 내게 말해 봐요. 결코 일어나지도 않은 사고인데, 심지어 존재하지도 않는 사람들에게 일어난 사고인데, 내가 어떻게 하면 그 사고로 인해 생긴 손해에 대해 책임이 없다는 걸 증명할 수 있을까요?

**사신** 그렇게는 못 할 게요.

**산타클로스** 큰일 났군. 그럼 난 이제 어떻게 해야 할까요?

**사신** 뭘 한다는 게요? 아니, 이 양반아, 내가 보기엔 이건 마치 당신 자신의 부존재를 증명하겠다는 말 같소만.

**산타클로스** 그래도 이건 말이 안 돼요!

**사신** 비극이지만, 사실이라오. 그러니 서두르시오, 산타클로스 양반!

(퇴장. 반대쪽 방향에서 성난 군중이 입장하고, 여자아이가 그 뒤를 따른다.)

격노한 군중을 마주한 채, 산타클로스는 처음에 자신이 과학자라는 것을 부인합니다. 그리고 바퀴 광산이 존재하지 않는다고 주장하지만 모두 허사였습니다.

여러 목소리    당신이 과학이라는 말이지! 과학을 타도하라!

산타클로스    기다려요!

신사 숙녀 여러분, 만약 여러분 모두 어느 사기꾼에게 기만당하신 거라면, 저 또한 그렇습니다. 만약 여러분 모두 사기를 당해서 망했다면, 저 또한 그렇습니다. 그리고 남녀 모두 마찬가지라고, 저는 말씀드립니다.

제가 말씀드릴 테니, 여러분께서는 가슴으로 느껴 보세요. 우리 모두는 더 이상 기쁘거나 온전하지 않고, 우리 모두는 자기 영혼을 사신에게 팔아 버렸고, 우리 모두는 병든 것의 환부이고, 우리 모두는 살아 있는 정직함을 잃어버렸으며, 그리하여 우리 모두는 더 이상 우리 자신이 아닙니다.

누가 이제 거짓과 진실을 구별할 수 있을까요? 제가 말씀드릴 테니, 여러분께서는 가슴으로 느껴 보세요. 남자이건 여자이건 이 크고 작은 대지에는 없습니다. 어떻게 우리의 현자들이 생명의 흔적을 놓치고, 우리의 능숙한 선수들은 경기에서 패한 것일까요? 제 심장이 제게 그랬듯, 여러분의 심장도 알려 줄 것입니다. 모두들 알고 있으나 이해하는 사람은 없기 때문입니다.

아! 우리들 모두는 아는 것이 너무나 많기에 그것이 없어진 것입니다: 바로 이해력 말이오. 하지만 저는, 없어진 그것을 걸고, 여러분께 맹세합니다. (만약 제가 거짓말을 한다면, 신사 숙녀 여러분, 저를 하늘보다 더 높이 목매달아 주세요.)

남자건 여자건 의견이 다를 수 있겠으나, 그 누구라도 아이를 속일 수는 없습니다. 그렇다면 저는 저쪽에 서 있는, 노랑머리에 파란 눈을 지닌 어린 여자아이의 판결에 따르도록 하겠습니다. 그 아이에게 제가 누구인지 간단히 물어볼 것입니다. 뭐라고 답하든, 저는 그 아이가 말하는 사람인 것입니다. 괜찮지요?

여러 목소리  좋소! 아무렴! 그렇고말고! 옳소! 좋은 생각이오! 그가 누군지 저 아이가 말해 줄 테니, 좋고말고! 아무렴, 그렇고말고!

산타클로스  조용히! (아이를 향해) 겁내지 말고 말해 보렴. 나는 누구니?

아이  산타클로스예요.

여러 목소리  ……산타클로스라고?

162

코러스 　하-하-하-하. 산타클로스 같은 건 없단다.

산타클로스 　그럼, 신사 숙녀 여러분, 저는 존재하지 않습니다. 존재하지 않기에, 저는 잘못이 없습니다. 그리고 잘못이 없기에, 저는 결백합니다.

　　　　　잘 가시오! 그리고 다음부터는, 행동하기 전에 먼저 잘 둘러보시오.


이어진 장면에서, 우리의 주인공 아닌 주인공은 (사신의 가면을 쓰고 있었음에도 거리낌 없이) 산타클로스인 자신을 알아본 그 어린 여자아이가 어쩌면 자신의 잃어버린 아이일 수도 있다는 고민을 합니다. 이때 우리의 악당은 다정한 모습으로 등장합니다. 그리고 사신은 (자신의 충고 덕분에, 거의 희생양이 될 뻔했던 산타클로스가 목숨을 구했으니 그 대가로) 부탁을 합니다.


사신 　내가 거리에서 아주 멋진 아가씨랑 잠시 진한 데이트를 했었는데 말이오, 그런데 그녀가 통통한 사람을 좋아한다는 생각이 들지 뭐요. 내게 당신의 살점을 주고, 내 백골을 가져가 주겠소?

산타클로스 　선임자여, 기꺼이 그러겠습니다. 그리고 행운을 빌며 바퀴 광산도 덤으로 드리겠습니다.

사신 　아니, 바퀴 광산은 됐소. 아무튼 고맙소.


그들은 서로 의상을 벗어 교환합니다. 그다음, 산타클로스 모습의 사신이 퇴장하고, 그 여자아이가 입장합니다. 진짜 산타클로스는 이제 완전히 사신으로 분장하고 있지만, 아이는 즉시 그를 알아봅니다. 그리고 아이가 춤을 추며 퇴장하기 전, 그는 자신이 그 아이의 아버지라는 것 외에도 다음과 같은 사실을 알게 됩니다. 산타클로스처럼 아이도 한 여인을 찾고 있는데, 그 여인은 저 둘 모두를 잃어버린 "매우 아름답고, 깊은 슬픔에 빠져 있는" 사람입니다.

다섯 번째 장면이 이어집니다.

(여인, 울먹이며 등장.)

여인  지식이 세상에서 사랑을 빼앗아 버렸기에 온 세상은 공허하고 공허하고 또 공허하구나.
사랑하지 못하는 남자는 남자가 아니기에, 온 세상 남자들은 더 이상 남자가 아니야. 그리고 사랑에 빠진 여자만이 여자가 될 수 있어. 게다가 그들의 사랑을 통해서만 즐거움이 생겨나지. 즐거움이!
지식이 세상에서 사랑을 빼앗아 버렸기에 온 세상은 재미없고 재미없고 또 재미없구나.
죽음이여, 어서 오라! 난 즐거움을 잃었고, 난 사랑을 잃었으며, 내 자신도 잃었으니.
(사신의 모습을 한 산타클로스 등장.)
당신은 날 찾았던 거야. 자, 날 데려가시오.

산타클로스  지금 그리고 영원토록.

여인  그이의 목소리가 다시 들리는 걸 보니, 죽으
려나 보구나, 이 얼마나 다행인지.

여러 목소리  (무대 밖에서) 죽었어! 죽었어!

여인  세상이 이보다 더 공허해질 수 있을까?

(무대 밖이 소란해지고, 여인은 몸을 움츠린다.)

산타클로스  두려워하지 마오.

여인  아, 내가 목숨보다 더 사랑했던 그이의 목소
리로구나. 사라지지 않는 저 생기 없는 것들
로부터 날 지켜 주오.

(군중이 열을 지어서, 몸을 흔들흔들 달랑거리며
등장한다: 제일 마지막에 나온 패거리들은 장대를
들고 있고, 그 장대에는 산타클로스로 분장한 사신
의 시체가 달랑거리며 매달려 있다.)

코러스  죽었어. 죽었어. 죽었어. 죽었어. 죽었어.

여러 목소리  만세! 죽었어. 야호, 죽었어. 죽었어. 만세!
과학이 죽었어! 죽었어. 과학이 죽었어!

목소리  그놈이 바퀴 광산을 파는 일은 절대로 없을
거야. 절대로!

여러 목소리  죽었어, 만세! 죽었어! 만세! 죽었어!

목소리  그놈은 정말이지 괘씸하고 형편없고 역겨
운 호래자식이야.

코러스  만세! 만세! 만세! 만세! 만세!

목소리  그놈이 우릴 한 번 속였는데, 그 한 번이 또
정도가 너무 지나쳤어!

다른 목소리  이봐, 우릴 속인 건 그놈이 아니라, 그 꼬마

겠지.

(여인이 움찔한다.)

**다른 목소리** 맞아, 그런데 두 번째로 속였을 땐 — 세상에, 진짜 너무했었지!

**다른 목소리** 당신 말이 맞아!

**다른 목소리** 그 여자애가 그놈을 쳐다볼 때 표정을 봤어?

**다른 목소리** 그 여자애가 "저기 저 사람은 산타클로스가 아니에요."라고 말하는 걸 들었어?

(여인이 돌아선다: 장대에 되롱되롱 매달린 인형을 본다. 그러고 나서 진짜 산타클로스를 보고 뒷걸음질한다.)

**코러스** 하-하-하-하. 산타클로스 같은 건 없어!

(군중 퇴장. 몸을 흔들고 달랑거리며, 야유하고 휘파람을 불고 새된 소리를 낸다.)

**여인** 맞아, 세상은 더 공허해질지도 몰라.

**산타클로스** 지금 그리고······

**여인** 아니 절대로, 난 사랑을 기억해 냈어. 그런데 나는 누굴까? 사신이여, 고맙소, 사랑이 날 기억하게 해 줘서.

(아이가 춤추며 등장: 여인을 보고, 뛰어가 품에 안긴다.)

**여인** 즐거움?그래! 내 자신의, (그래, 맞아!) 내 자신의 삶, 내 자신의 사랑, 내 자신의 영혼······ 사신이여, 당신의 것이 아니라오!

**산타클로스** (가면을 벗으며) 아니지.

**여인**  (산타클로스에게 무릎을 꿇으며) 우리들의 것.

이렇게 해서 이 온전한 무식꾼의 마지막 수업이 끝났습니다. 세상은 무너지기 위해 일어나지만 영혼은 상승하기 위해 하강한다, 이런 점을 안팎에서 긍정하는 이중적 성격의 수업이었습니다. 이제 우리의 무식꾼은 그가 첫 번째 강의 아닌 강의를 시작하면서 제시했던 물음, 즉 "작가로서 나는 누구인가?"라고 하는 답할 수 없는 물음을 마주합니다. 그리고 그는 가지각색의 해답이 있음을 알게 됩니다. 이런 가지각색의 해답 중에서 하나만 고르라고 한다면 뭐라고 해야 할까요? 아마도 이런 것이지 않을까 싶습니다.

저라는 사람은 사랑이 신비 중의 신비라는 점, 정말 중요한 것들은 잴 수 없다는 점을 자랑스럽게 그리고 겸허히 주장합니다. "예술가이자 남자이자 낙오자"인 저는 그저 세월에 따라 자라난 것이 아니라, 호기롭게 삶을 살아온 부단히 복잡한 존재입니다. 다시 말해, 저는 무감각하고 냉혹하며 약탈만을 일삼는 동물 이하의 존재가 아닐뿐더러, 불가사의하게 스스로 인식하고 생각하고 사유하는 자동 기계 인형도 아닙니다. 저는 자연스럽고 기적적으로 자라난 온전한 한 인간, 곧 무한한 감정을 지닌 한 개인입니다. 그리고 저의 유일한 행복은 제 자신을 넘어서는 것이며, 제가 겪는 고통은 모두 성장하기 위한 것입니다.

황홀함과 괴로움, 있음과 되어 감, 그리고 불멸하는 창조적 상상력과 굴하지 않는 인간의 정신. 이런 것들이 바로 제 마지막 시 낭독의 주제입니다. 제가 읽어 드릴 작품은 너무나도 경이로운 키츠의 송가 한 편과 셸리(Percy Bysshe Shelley, 1792-1822)가 남긴 『해방된 프로메테우스』의 장엄한 마지막 구절인데요, (간절히 바라건대) 제 낭독으로 인해 작품이 와전되는 일은 없었으면 합니다.

그대 아직 더럽혀지지 않은 정숙한 신부여,
　그대 침묵과 느린 세월의 양자여,
우리들의 시보다 더 감미롭게 꽃다운 이야기를
　이렇듯 표현할 수 있는 숲의 역사가여.
가장자리 잎으로 꾸민 전설이 무엇이기에 신이나 인간,
　혹은 둘 다의 형상을 한 그대 모습 속에 떠도는가,
　　템페인가? 아니면 아르카디아의 골짜기인가?
　이들은 어떤 사람들, 어떤 신들인가? 어떤 처녀들이 수줍어하는가?
이 무슨 미친 듯한 추격인가? 어떻게 몸부림치며 달아나는가?
　어떤 피리와 북 들인가? 이 얼마나 거친 황홀인가?


들리는 선율은 아름답다, 그러나 들리지 않는 선율은
　더 아름답다. 그러니 그대 부드러운 피리들아, 계속 불어 다오.
육체의 귀에다 불지 말고, 더욱 친밀하게,
　영혼에다 불어 다오, 소리 없는 노래를.
나무 그늘 아래 있는 아름다운 젊은이여, 그대의 노랫소리는
　그칠 일이 없고, 저 나무들도 잎이 질 일 없구나.
　　대담한 연인이여, 그대는 결코, 결코 입맞춤을 할 수 없으리라,
비록 상대에게 가까이 닿긴 해도. 그러나 슬퍼하지 말라.
　　그대가 행복을 얻지 못한다 해도, 그녀는 시들지 않을 것이니,
　그대는 영원히 사랑할 것이며, 그녀는 아름다우리라!


아 행복하고 행복한 나뭇가지들아! 너희들은 잎이 질
　일 없고, 봄에 작별을 고할 일도 없다.
그리고 영원히 새로운 노래를 영원히 연주하는
　지칠 줄 모르는 연주자여.

더욱 행복한 사랑! 더욱 행복하고 행복한 사랑이여!
　영원히 따스하고 언제나 즐거울 것이며,
　　영원히 가슴 설레고 영원히 젊도다.
저 사랑은 살아 숨 쉬는 인간들의 정열을 초월하는구나,
　인간들의 정열은 비탄에 잠긴 넌더리 난 가슴과
　　불타는 이마와 바싹 마른 혀를 남길 뿐이라네.


제물을 바치는 곳으로 오는 이들은 누군가?
　어느 푸른 제단으로 향하는, 오 신비로운 사제여,
그대는 하늘을 바라보며 우는 저 송아지를 끌고 가는가,
　비단 같은 옆구리를 온갖 꽃다발로 장식한 채?
강가에 또는 바닷가에, 아니면 산 위에
　평화로운 성채와 함께 지어진 어느 조그만 마을은
　　어째서 이 경건한 아침에도 인적이 없는가?
그리고 작은 마을이여, 그대의 거리는 영원토록
　조용하리라. 왜 그대가 황폐해졌는지, 그 이유를 알려 주러
　　돌아오는 사람은 없으리라.


오, 아티카의 형체여! 아름다운 자태여! 주위에
　수놓인 것은 대리석 남자들과 처녀들,
그리고 숲의 나뭇가지와 짓밟힌 잡초로다.
　말 없는 형상이여! 그대는 영원처럼
우리들의 생각이 미칠 수 없게 하며 괴롭히는구나.
차가운 목가여! 이 세대가 나이 들어 사라질 때에도,
　그대는 우리와는 또 다른 고뇌의 한복판에서,
　　인간의 친구로 남을 것이며, 그리고 인간에게 말하리라,

"아름다움은 진리고, 진리는 아름다움이다."라고. 이것이
그대들이 이 세상에서 아는 전부고, 알 필요가 있는 전부다.

이제야말로 대지에서 태어난 자의 주문에 따라
천국의 독재자를 텅 빈 심연 아래서 삼켜 버리고,
　정복자는 포로로서 깊은 곳으로 끌려 들어가는 날인 것이다.
현명한 마음을 갖추고 인내할 줄 아는 권력
그 장엄한 왕좌로부터, 무서운 인고의 시간
　그 최후의 아찔한 순간으로부터, 바위산 같은 고통
그 미끄럽고 가파르고 좁은 가장자리로부터,
사랑은 솟아올라 치유의 날개로 세상을 감싸노라.


온화함과 고결함과 지혜와 인내
이것들이야말로 파괴의 힘이라는 함정을
　막아 내는 가장 견고한 보험의 증표인 것이다.
그리고 만약 많은 활동과 시간의 어머니인 영원이,
자신을 온몸으로 휘감는 저 뱀을
　힘없는 손으로 풀어 주어야 한다면,
이것들이야말로 운명의 뒤얽힘을 풀고
왕국을 되찾게 해 주는 주문인 것이다.


희망이 생각하는 끝없는 고난을 참아 내는 일.
죽음이나 밤보다 더 어두운 악행을 용서하는 일.
　전능한 듯 보이는 권력자에게 도전하는 일.
사랑하며 견디는 일. 희망이 폐허 속에서
자신이 생각하던 것을 이루어 내도록 바라는 일.
　변하지 않고, 머뭇거리지 않으며, 후회하지도 않는 일.
그대의 영광처럼, 이 거인은 선할 것이며,
위대하고 흥겹고, 아름답고 자유로울 것이다.

이것만이 삶이고, 기쁨이며, 왕국이고 승리인 것이다.

## 낭독 작품 목록

네 번째 강의 아닌 강의

E. E. 커밍스:

신약 성서:

E. E. 커밍스:

작자 미상:

작자 미상:

다섯 번째 강의 아닌 강의

E. E. 커밍스:

**여섯 번째 강의 아닌 강의**

"당신들은 모두 길 잃은 세대의 사람들입니다." 누구나 한 번쯤 들었을 법한 이 구절은 본래 미국 모더니즘 문학의 선구자 거트루드 스타인이 자신의 자동차 수리공한테서 들었던 말인데, 훗날 후배 작가 어니스트 헤밍웨이가 그의 대표작 『태양은 다시 떠오른다』의 서문에 거듭 인용하면서 전 세계적으로 알려졌다. "길 잃은 세대"는 1차 세계대전을 겪으며 주류 사회로부터 소외된 채 정처 없이 방황하던 미국의 진보적 지식인들을 가리킨다. 젊은 문인과 예술가 들을 중심으로 형성된 이들 지식인 집단은 전쟁의 참상과 인간성의 상실에 분노했으며, 물질적 풍요만을 추구하는 전후 서구 사회에 회의적인 태도를 보였다. 특히 이 세대에 속한 작가들은 과거의 획일적인 사회 질서와 물질만능주의 그리고 청교도주의에 기초한 억압적인 도덕규범을 비판하였다. 이들은 자본주의가 배태한 노동 착취와 사회적 불평등, 전쟁으로 인한 기아와 질병의 확산 등 전 세계적인 문명의 야만화에 저항하였으며, 그 방법으로써 예술적 감수성에 바탕을 둔 개인의 자유 의지와 상상력이 지닌 해방적 기능을 강조했다.

E. E. 커밍스는 헤밍웨이, F. 스콧 피츠제럴드, 존 더스 패서스, 하트 크레인 등과 함께 20세기 초반의 "길 잃은 세대"를 대표하는 미국 작가이자 화가다. 커밍스는 1952년에 모교인 하버드 대학교의 초청으로 일 년 동안 객원 교수로 재직하는데, 이 책은 당시 그가 하버드 대학교의 상징인 샌더스 극장에서 개최한 여섯 편의 대중 강연을 담고 있다. 그는 강연을 통해 자신의 삶과 시학을 소개할 뿐만 아니라, "길 잃은 세대"의 대표 작가로서 전후 서구 사회의 근본적인 문제점들을 되짚어 보고자 했다. 자전적 이야기에서 시작한 강연이 점점 사회 비판적인 내용으로 발전해 나가는 것은, 바로 이러한 맥락에서 이해할 수 있다. 따라서 이 책의 원제목인 『나에 관한 여섯 편의 강의 아닌 강의(i: six nonlectures)』를 『이것은 시를 위한 강의가 아니다』로 의역하게 된 까닭도, 그의 강연이 한 개인의 사적인 이야기에 머무르지 않고 인간의 삶에 대한 깊이 있는 성찰을 담고 있기 때문이다.

커밍스는 물질적인 것과 영적인 것, 이성과 감성, 자본주의와 공산주의 등과 같은 세상을 구성하는 상보적 측면들에 주목한다. 그가 샌더스 극장의 청중에게 보여 주고자 한 바는 모순적인 것들마저 흔쾌히 받아들이는 시인의 초월적인 마음, 그의 표현을 빌리자면 "친밀한 조화를 이룬 영혼과 육체, 영원과 현재, 천상과 지상"의 세계다. 세상은 이분법적 시각으로 이해하기에는 너무나 복잡하며, 이런 진실을 인식하는 데에서 시인의 삶이 시작된다. 따라서 커밍스는 첫 번째와 두 번째 강연에서 유년 시절 자신의 삶을 지배했던 보수적이고 정적인 미국 동부의 상류 사회를 묘사하고, 이어지는 강연에

서는 보스턴, 뉴욕, 파리 등과 같은 진취적이고 역동적인 대도
시의 세계를 정중하면서도 익살스러운 언어로 표현한다. 그
는 이 두 세계가 외견상 대립하고 있을 뿐이며, 작가로서 균형
잡힌 태도를 갖추기 위해서는 둘 다 경험해 볼 필요가 있다고
주장한다.

커밍스는 세 번째 강연을 시작하며 작가로서 자신의 성장
에 대해 다음과 같이 말한다. "저의 요점은 우리 세대 중 많은
이들이…… 모험을 마다하지 않았다는 점을 말씀드리고자 합
니다. 저는 우리 세대가 재앙을 자초하며 그걸 즐겼다고 생각
하지 않습니다. 제가 느끼기에, 우리는 새로이 태어나고 싶어
했습니다." 커밍스는 자신을 포함한 "길 잃은 세대"의 작가들
을, 흔히 말하듯 전쟁 후유증으로 정신적 공황 상태에 빠진 이
들로 여기지 않는다. 오히려 그들은 내적 성장을 위해 모험적
인 삶을 선택한 사람들이며, 사회적 관습과 품위를 지키면서
안전한 공간 속에 머무르기보다는 용기 있게 위험한 세계를
살아 낸 사람들이다. 요컨대 한 개인이 작가로서 성장하는 것
은 자유로운 상상력을 통해 세상을 통합적으로 인식하는 일
이며, 이러한 인식을 바탕으로 주체적이고 창조적인 삶을 살
아가는 것이다.

커밍스가 이 강연을 통해 궁극적으로 보여 주고자 한 바
는 관념적인 시학의 세계가 아니라 다양한 모습으로 세상을
살아가는, 실제로 살아 움직이는 인간들의 삶이다. 그것은 새
로운 자아 발견을 위해 미지의 세계를 탐색하는 신비로운 인
간의 삶, 곧 영적 성장을 자신의 운명으로 여기는 신성한 시
인의 삶이다. 그러므로 그는 마지막 강연에서 힘주어 말한다.
"저는 자연스럽고 기적적으로 자라난 온전한 한 인간, 곧 무

한한 감정을 지닌 한 개인입니다. 그리고 저의 유일한 행복은 제 자신을 넘어서는 것이며, 제가 겪는 고통은 모두 성장하기 위한 것입니다."

커밍스의 언어는 언뜻 복잡하고 난해해 보이지만, 그의 강연록을 천천히 읽다 보면 모든 쪽에 재치 있는 표현과 개성적인 문체가 가득 차 있음을 알 수 있다. 이런 점에서 그의 강연록은 시공간을 초월하여 21세기를 살아가는 오늘날의 독자들에게도 인간의 삶이 지닌 아름다움과 보편적인 진리에 대해 많은 가르침을 전해 주리라 기대한다. 앞으로 이 책이 커밍스의 삶과 문학, 예술 세계 전반에 대한 더 많은 관심과 사랑으로 이어질 수 있기를 바란다.

옮긴이
김유곤

성균관대학교에서 영어영문학을 전공하였고 같은 학과 대학원에서 석사 과정을 마쳤다. 미국 인디애나 주에 위치한 노터데임 대학교(University of Notre Dame)에서 20세기 미국 시와 비교 문학 연구로 영문학 박사 학위를 받았다. 현재 영미 시를 초국가적인 시각에서 탐구하는 다양한 연구 프로젝트와 대학 강의를 진행하고 있으며, 특히 미국 아방가르드 시인들과 동양 철학의 연관성을 새롭게 조망하는 연구서를 집필하고 있다.

이것은 시를
위한
강의가 아니다

1판 1쇄 찍음  2017년 6월 23일
1판 1쇄 펴냄  2017년 6월 30일

지은이  E. E. 커밍스
옮긴이  김유곤
발행인  박근섭, 박상준
펴낸곳  (주)민음사

출판등록 1966. 5. 19. 제16-490호
서울특별시 강남구 도산대로1길 62(신사동)
강남출판문화센터 5층 06027
대표전화 515-2000 팩시밀리 515-2007
www.minumsa.com

© 김유곤, 2017. Printed in Seoul, Korea

ISBN  978 89 374 2923 1 04800
ISBN  978 89 374 2900 2 (세트)